町を見守るたこ焼き

一

「うちがたこ焼きの名店？」

　岸本十喜子は思わず笑っていた。

「いややわぁ、誰やの？　そんな嘘、教えたん」

　喋りながら右手を動かし、あらかじめバットに用意した蛸のぶつ切りを落としいれる。

　乳白色の生地で満たされた穴の中に一つずつ、等分に。

「道を尋ねたお婆さんが教えてくれたんです。十喜子さんの店がピカイチだって」

「それ、ニットの帽子を被った、シルバーカーの人？」

　近所に住む、九十歳近い浦田タヅ子の顔を思い浮かべる。

「そうそう。何で分かったんですか？」と聞く若い女性に、十喜子は千枚通しを操る手を止めずに応じる。

「あの人、うちのキャンペーン・ガールやから」

　キャンペーン・ガールという呼び方が可笑しかったのか、女性は笑い声をあげた。

　この数年で馴染みの店がバタバタと店じまいし、今となってはタヅ子が入り浸れるのは、住吉鳥居前商店街の喫茶店「ひまわり」か十喜子の店ぐらいだ。

「期待を裏切るみたいで悪いけど、他所と味は大して変わらんわよ」

「お任せ下さい。私達『たこ焼き研究会』の名で活動していて、関東圏の他に、梅田や天王寺界隈の行列ができるたこ焼き屋は制覇したから、味の違いは分かるつもりです。今は定期的に大阪に来ては、足を延ばして隠れた名店を探してるんです。ところで、このお店の売りは何ですか？」

傍では、別の女の子がスマホを手に、十喜子が千枚通しでたこ焼きをひっくり返す様子を撮影している。

「売りなぁ……。しいてゆうなら、自慢の出汁を味わってもらいたいから、うちは小麦粉の分量が少なめやな。小麦粉を増やした方が、ひっくり返すのは簡単やねんけど。配分は主人が決めた。店始めて二十年、いっこも変えてへん。……え、店の名前？　ないわよ。そんなん」

看板は出しておらず、「たこ焼き」と書かれた赤い暖簾だけをかけている。近所の人達も、「たこ焼き屋さん」とか、夫の名前を取って「進ちゃんの店」と呼んでいる。

「主人が生きてた時から、名前はなかった。税務署の書類には『たこ焼きの岸本』て書いて提出してるけど……」

派手なエンジン音をさせながら、店の前に原チャリが止まった。運転手は両脚の間に十キロ入りの小麦粉の袋を挟んでいる。

「まいど～」と言いながら、小久保謙太はバイクのエンジンを切る。「よっこらしょ」とスタンドを立て、小麦粉の袋を軽々と肩にかついだ。

女の子達の目がざわざわと蠢く。

所々に金色のメッシュが入った髪は、まるで虎のようだ。だが、その顔は幼く、せいぜい中学生にしか見えない。

「ご苦労さん」

十喜子は手を止めずに労う。

「何処に置いたらええ?」

「見たら分かるよね? 謙太くん。私、今、接客中」

「ほな、ここに置いとくわ」

袋を店先に置こうとするので、やんわりとたしなめる。

「あーかん。そんなとこに置いたら邪魔やないの。店主の手が塞がってる時はね、気ぃきかせて、中に入れたげると喜ばれるの。それも言われる前に……」

「人使いの荒いおばはんやなぁ」

「おばはんやない。お姉さんと呼び」

「分かりました。分かりましたよ。お姉さん」

「分かったら、そこの流しの下の戸棚に入れといて」

背後に備え付けられたシンクに向かって顎をしゃくる。

「ちょっと、すんません」

女の子達に断ってガラガラと玄関を開けると、一旦家の中に入り、裏から厨房に入ってきた。そして、流しの下の戸を開き、醤油や酒の一升瓶の脇に小麦粉を置いた。

「これでええ?」

「んー、もうちょっと奥に押し込んどいて」

目の前で繰り広げられるやりとりが珍しいのか、女の子達は目をぱっちりと見開いたままでいる。

「俺にも焼いてや」

作業を終えた謙太が、埃を払うように手を鳴らした。

「あんた、仕事中やないの」

「仕事中やけど、ええ匂いを嗅いだら……。頼むわ、お姉さん」

ひくひくと鼻を蠢かす謙太。

今、丸くくり抜かれたたこ焼き器のくぼみの中では、薄皮の表面が狐色に色付き始めていた。ここからは高速で手を動かさないと、あっという間に焦げてしまう。

「仕事が済んだらおいで」

謙太は「はい、はい」と返事をすると、原チャリに乗って立ち去った。

女の子二人は謙太が去った方向を見ながら、肘でつつき合っている。

「出入りの業者さんも食べたがるんだから、絶対に美味しいって」

　十喜子は苦笑した。

「せっかくやから、他も回ってみはったら？　せやねぇ。この辺やったら、そこの駅構内でもたこ焼きは買えるし、商店街にも何軒かある。お祭りの時は、すみよっさんに屋台が出るんよ。もちろん、並ばんでも買える。……私らに言わせれば、わざわざ行列作ってまで買うようなもんとちゃうんよ、たこ焼きは……。はい、お待たせ」

　ふんわりと焼き上がったたこ焼きを千枚通しに突き刺し、舟形の経木に載せてゆく。

「青のり、載せてええ？」

　そう尋ねると、女の子達は「マヨネーズもつけて下さい」と言う。

　ソース、マヨネーズ、青のり、鰹節と順にトッピングしてゆく。けずり粉をまぶす店もあったが、ひらひらして見た目に楽しいので、十喜子は鰹節を使っている。

「お葱は載せないんですか？」

「中に入ってるわよ。お望みやったら、上にもかけるけど？」

「そのままでいいでーす」

　経木を受け取ると、二人は嬉しそうに笑った。

「わぁ、美味しそう！」

「中で食べられますか？」

謙太が戸を引いた時に、中にテーブルがあるのを見ていたらしい。

「たこ焼きはな、こんな辛気臭い家の中で食べるもんとちゃうよ。今日は天気もええさかい、そこの公園で食べはったら？　私のお勧めスポット」

店の外へと出て、線路を挟んで向こう側にある住吉公園への行き方を手で示す。

「あ、ゴミは持ってきてくれたら、うちで処分するから。公園とか駅に捨てんとってな」

白いビニール袋を渡す。

「はーい」

右手にたこ焼きを持ち、スマホを握った左手を振る彼女達を、「おおきにー」と張りのある声で送り出す。

時刻は午後二時。

春休み中だから、いつもは通る小学生の姿はないし、常連客もこの時間は昼御飯を食べ終わった後のテレビを楽しんでいる。

客達の会話に付き合えるように、十喜子もテレビで情報収集を欠かさない。脇には年代物の小さなテレビが置かれ、昼ドラやワイドショーを流している。

スマホが普及した今でも、地域の年寄り達の情報源はテレビなのだ。

「たこ焼き研究会」の女の子達を送り出した後は、たこ焼き器の手入れをしながら、タレントの不倫問題や女性政治家の失言についてコメンテーターがやり合うのを、ぼんやりと眺めていた。「あぁ、日本って平和なんやわ」と独り言を呟きながら。

ここは店というほどの代物でもない。

元々、通りに面した台所を生かす形で、壁を壊して前に張り出させて店の体裁を整えたにすぎず、目印の赤い暖簾と床几が一つあるだけ。

冬には奥のガスコンロで土手焼きやおでんを煮てみたり、夏には表にアイスクリンの幟を立てるが、基本はテイクアウトが基本のたこ焼き屋だ。何処と言って変わった所はない。

そのまま三時まで待ったが、タヅ子は来ない。今日は追い出される事なく、「ひまわり」で長居できているようだ。

財布とデジカメ、エコバッグを入れたトートバッグを手に取ると、土間に改築された一階部分を通って外に出る。店舗のガラス戸を閉め、「すぐに戻ります」と書いた札を吊るした。

表を掃除していた七十代の女性が、声をかけてきた。加茂さんだ。隣に住む彼女との付き合いも、もう三十年になる。

「これからパトロール？」

そう言って、十喜子が着ている「地域の暮らし見守り隊」の緑色のビブスを見る。

「ご苦労さんやね。朝と夕方の見守りに、パトロールに」

「私は非力なおばちゃんやけど、こうやって誰かが見回ってるだけで、不審者も警戒するんです。それに、だいぶ修復は済んだけど、まだ、あちこちに危ない場所があって……」

「あぁ……」

加茂さんの顔が曇り、その視線が空へと移る。

「うちも、ずっとあれ」

屋根を覆ったブルーシートを指さす。

大阪を直撃した台風の爪痕だ。

「第二室戸台風の時も怖かったのよ。目の前で消防署の火の見櫓がバリバリーって倒れたって……。あ、電話やわ……」

加茂さんが家に駆けこむのを見届けた後、十喜子は南へと脚を向けた。

二

校区のパトロールは、十喜子の日課だ。

時間は決めていない。客が引けたタイミングや、子供達の通学が終わった頃合いに出かけるなど、十喜子なりのルールを作ってはいたが、傍からはただの散歩か休憩にしか見えないだろう。

細井川にそって東側へ歩くと、阪堺線の小さな鉄橋が見えた。その南側に、停留場がある。

今は三面をコンクリートに囲まれ、その深い底に僅かな水流が見られるだけの川は、かつては住吉神社の傍らから大阪湾に注ぎ、河口は重要な港になっていたと聞く。

住宅街の中を走る阪堺線の軌道を越え、長居公園通りへと出れば、片側二車線の広々とした道路脇にマンションや大型店舗、コンビニが立ち並ぶ界隈となる。東へ進めば競技場を抱える長居公園へと突き当たるが、地域の子供達が通う小中学校はその途中にある。

歩道のアスファルトが陥没している箇所を見つけ、すかさず写真を撮る。他にも、屋根瓦が落ちそうになっている家を、周辺の風景と共にデジカメで撮影する。

適当な場所で引き返すと、住吉武道館脇の大きな鳥居を目指して歩いた。

「すみよっさん」の愛称で呼ばれる住吉大社は、初詣に多くの参拝客が訪れて大変な混雑になる上、最近では外国人観光客も押し寄せ、十喜子が作る何の変哲もないたこ焼きも日によっては人が並ぶのだから、一時は廃業を考えていたのが嘘のようだ。

だから、十喜子は感謝の気持ちを込めて、日々、お参りを欠かさない。

右手に「卯の花苑」を見ながら西へと進路をとると、樹齢の古い木の切株が見えた。

昨年の九月、大阪湾を縦断した台風二十一号は、町中の公園や並木道、神社や寺に植えられた大木に被害を及ぼしただけでなく、駐車していた車を横転させ、電柱をなぎ倒した。地域によっては、電気の復旧に数日間を要したところもあった。

ここ住吉大社でも国宝本殿や重要文化財の拝殿の檜皮葺き屋根が剝がれ、境内の木々が倒れるなどし、一時は参拝が制限されていた。

もちろん、民家の被害も大変なもので、屋根瓦が飛び、外壁が壊れるなどしたのだが、災害続きで人手が足りないのだろう。未だに屋根にブルーシートがかかっていたり、屋根や壁が崩れたまま放置されている家が目についた。

やがて、左手に御田が見えてくる。秋に播かれた種が発芽し、緑色の絨毯になっている。あとひと月もしないうちに花が咲き始め、「こどもの日」には、ここに鯉のぼりが立てられ、レンゲ畑が開放される。

そして、御田に背を向けて北へ向かうと、やがて左手に石橋が見えてくる。神池にかけられたその橋に立ち、北側にある反橋、通称・太鼓橋を見やる。池の周囲に植えられた松が緑色の影を落とす水面に、太鼓橋の赤い姿が映り、ここが街中である事を、一瞬忘れさせられる。

境内を突っ切ると、文字通り大きな鳥居の前に、阪堺線・住吉鳥居前停留場がある。道路の真ん中にコンクリートの塊を置いただけの、幅の狭いホームだ。

信号待ちの間に、ちょうど天王寺方面行きの電車が停留場に入ってきた。目の前で停まった一両編成の車両から、青い目の外国人観光客が降りてきた。

道路を渡り、南海本線・住吉大社駅へと繋がる道を歩いていると、聞き慣れた声に呼び止められた。

「十喜子さん、お十喜さん……」

「住吉鳥居前商店街協同組合」理事長で、「食品日用雑貨のタツミ」の店長・辰巳龍郎が小走りで、こちらに向かってきていた。

白髪交じりの頭のてっぺんが河童のお皿状に禿げていて、店名の入った法被を羽織っている姿から、組合員からは「大番頭はん」と呼ばれている。

「今日はお天気もよろしいなぁ」から始まり、雑談をひとくさり。油断したところで「こないだワタイが頼んだ事、考えてもらえたやろか?」と切り出してきた。

「『純喫茶ジェイジェイ』の後が、ずーーーっと空いたままですねん。お隣の豆腐屋さんは利用客も多いし、お向かいは昆布屋に花屋と上品ですさかい、悪い場所とちゃいまっせ。賃料も勉強しまっさかい、前向きに考えとくなはれ」

十喜子は「う〜ん、どないしよ」と考える素振りをした。

「商店街も年々シャッターを閉めた店が増えてまっしゃろ? 寂しい風景にならんように、お隣や向かいの店の商品をシャッターに吊るしたり、子供らの絵を飾るようにしてるんやけど、やっぱり誰かに借りてもらうんがええんです。たとえ短期間でも」

住吉鳥居前商店街の歴史は、明治時代にまでさかのぼる。南海本線・粉浜駅から住吉大社駅までのひと駅間に様々な店が軒を連ねており、地元の住民だけでなく、すみよっさんにお参りにきた人々にも利用されている。

「ありがたい話やけど、私一人やし、今以上に手を広げるつもりはないんです。それに、今の場所は通学路の子供を見守るのにちょうどええし……」

「やっぱりなぁ。そらそうですわ。しかし、ネットで紹介しても、あそこだけなかなか借り手がつきませんのや。進ちゃんが生きとったら、支店ちゅう事で利用してもらえたやろに……」

「うちみたいな小さい店に、本店も支店もないでしょ」

思わず笑ってしまう。

十喜子のたこ焼き屋は、商店街からは少し離れているのだが、進の実家の地縁もあり、辰巳は何かと気遣ってくれる。

「それはそうと、あの子はどないしてまんのや？　お十喜さんが気にしてた、小学生の男の子」

いきなり切り出され、思い出すのに時間がかかった。

「あぁ、あの子なぁ……。ちょっと前から見てへんのやわぁ。そろそろ三週間になるやろか」

「そら、心配やがな」

辰巳の表情が曇った。

十喜子がユウトの存在に気付いたのは、半年ほど前。秋物の服を納戸から取り出した頃だった。

客がひっきりなしに来る日だった。

長時間にわたって店先に佇み、たこ焼きを買うでもなく、十喜子が千枚通しを動かす様子をじっと見ている子供がいた。試しに声をかけてみたところ、逃げられてしまった。

次に来た時、十喜子は余分に焼いておいたたこ焼きを差し出しながら呼び掛けた。

(一つだけ味見してみる?)

その時もユウトは逃げ出そうとしたが、爪楊枝でたこ焼きを差し出されると、両手で大事そうに受け取り、ゆっくりと味わうように食べ始めた。

(美味しい?)

そう聞くと、だっと駆け出した。

まるで人に慣れていない野良猫だ。

それ以来、ユウトは毎日のように店に来るようになり、十喜子も形が崩れたり、焦げた商品を自分用にするのでなく、ユウトの為に除けておくようになった。

「学校がある時は最低でも、給食を食べられるさかい心配ない。せやけど、長期休暇に入ると……。『子供食堂』には聞いてみたんか?」

辰巳は組合理事長の他に、「地域の暮らし見守り隊」住之江区の隊長も兼任している。

まるで自分の孫を心配するような口調に、十喜子も急にユウトの事が気になり始めた。

「あの子、この辺の子と違うみたい。私、そおっと後をつけた事あるんやけど、天王寺行きのチン電に乗るんよ」

　チン電とは阪堺線の呼び名、チンチン電車の略称だ。

「へぇ！」と、辰巳はわざとらしく目を見開いた。

「わざわざ、こっちまで来てたゆう事でっか？　お十喜さんのたこ焼きを食べる為だけに？　よっぽど気に入られたんやなぁ。お十喜さん。あの子の上の名前とか、住んでるとことか、何か思い当たる事おまへんのか？」

「今の子は名札を付けてへんし、ほんま喋らん子で……。私も、いつまでもこんな事してていえんやろか、いっぺん親に声かけよとか思いながら、名前を聞き出すのがやっとで……」

「はあぁ、お十喜さんのたこ焼きの力をもってしても、そこまでしか聞けんかったんですなぁ」

「どんな力やのん？」

　くすっと笑うと、辰巳もにかっと笑った。

「ただ……。この辺で見かけんような洒落(しゃれ)た制服を着てたから、私立の小学校に行ってるんやと思う」

「私立に通えるような家の子供が、お腹(なか)を空(す)かしてたこ焼きをただ食いするんでっか？」

「人の家の事情は分かりませんやろ？」

調理する様子をもの珍し気に見る子供は少なくないし、たまにお腹を空かせて切なそうに匂いを嗅いでいる子もいた。長年の経験から、問題を抱えている子供は、すぐにピンとくる。

とは言え、十喜子の見立てでは、ユウトは虐待されている風にも、親から面倒を見て貰っていないようにも見えなかった。

「そらそうや。決めつけたらあかんわなぁ。あんた、その制服の絵、描けるか？」

辰巳は法被を捲り上げ、シャツやズボンのポケットに順に手をやると、小さなメモ帳と鉛筆を取り出した。

「手配書、作りまひょ」

「ちょっと、大袈裟やないですか？」

そう言いかけて、十喜子は思い直した。

「分かりました。覚えてる限り、描き出してみます」

十喜子はメモ帳とチビた鉛筆を受け取った。

三

肉じゃがの鍋が大皿に向けてひっくり返されると、醤油が染み込んだ煮物の香りが、ふわっと辺りに広がる。

「はい、今日のメイン料理よぉ」

声を張り上げる島本佳代は、ここ「キッチン住吉」の店主だ。

「キッチン住吉」は子供食堂を併設したカフェで、ワンコインの食事を提供する他、小学生以下の子供に限って二百円で食事ができるようになっていた。カフェは夜の九時まで開放され、鍵っ子達の居場所作りにも一役買っている。

南海本線の高架から一本東側に入った、目立たない場所にある小さな店だから、利用者はごく狭い地域の住民に限られていたが、それでも子供達が集まる時間帯は忙しくなる。

「こら、こら、喧嘩したらあかん！」

肉じゃがを巡って取り合いを始めた兄弟を、十喜子は引き離す。

「おばちゃんがあんじょう分けたるさかい」

それぞれの取り皿に、じゃがいもと肉を等分に盛り付けてやると、不服そうな顔をしながらも兄弟は大人しくなった。

「佳代ちゃん。あかんでぇ。子供に大皿で提供するのは。喧嘩のもとや」

ここでは、子供は御飯もおかずもお代わり自由にしてあるが、自分の好きなものばかり取る子もいて、気が付いたら大皿の肉じゃがが、芋の煮っころがしになっていた事もあった。

「でも、お子さんによって食べる量が違うから……」

　食べ盛りの子もいれば、食の細い子もいる。大人の感覚で小皿に取り分けてしまうと食べ残しも出て、ぎりぎりの予算で経営している佳代の負担が増えるのだった。

「本当は食べたい分量を聞いて、大人が取り分けてあげるのがいいんでしょうけど、手が足りなくて……」

　アルバイトを雇う余裕はないし、ボランティアスタッフも十分な人数ではない。

「子供は喧嘩して成長するんやけど、怪我されたら恐ろしいやろ？」

　鷹揚で物分かりのいい親ばかりではないから、ちょっとした諍いもトラブルの元となる。

「……あ、浦田さん。いらっしゃい」

　扉を開けて入ってきたのはタヅ子だ。

　彼女の一日は「ひまわり」でモーニングを食べ、追い出されるまで粘ったら、気候のいい時期は十喜子の店先に置いた床几に座って居眠りをしたり、訪れる客と喋るのがいつもの決まりだ。暑さや寒さが厳しい時期は、訪れる回数も減るが、タヅ子の顔を三日も見ないでいると、十喜子の方から自宅を訪ねたりしていた。

「いやあぁっ！」

　子供達の悲鳴に、十喜子は我に返った。

「おばあちゃん！　車で入ってこんといてやぁ！」

見ると、タヅ子は子供達が靴を脱いで宿題を広げている場所に、シルバーカーを乗り込ませている。

「あー、あー、あー。浦田さん。シルバーカーは入口の傍に置いてって、いつもお願いしてるでしょ」

駆け寄った十喜子は、タヅ子を席に座らせ、シルバーカーを移動する。

「キッチン住吉」がオープンしてからは、タヅ子の夜の居場所ができた訳で、おかげで十喜子の負担も一つ減った。

「十喜子さん、ちょっと、あれ……」

洗い物をしていると、脇から佳代が小声で注意を促した。

見ると、タヅ子は取り皿ではなく、タッパーに肉じゃがとひじきの煮物を詰め込んでいる。

「もう……。私から注意するわ。ちょっと、浦田さん！」

聞こえない振りをしているのか、本当に聞こえないのか、タヅ子は手を止めない。

「何をしてるんですか？　ちゃんと見えてますよ」

問い詰めると、「まー君に食べさせる」と言う。

「まー君って？」

佳代が聞いてくるのに、十喜子は「息子さん」とだけ答える。

まー君こと将司はタヅ子の長男で、結婚しないまま母親と暮らしていた。

「あの子が帰ってきたんや。せやから、今日はまー君と家で一緒に食べる」

歯のない口をぎゅっと結び、炊飯器の蓋を開ける。そして、洗っていない手で御飯を握り始めた。

「……浦田さん」

その鬼気迫る様子に言葉を失っていると、佳代が小声で囁きかけてきた。

「今回だけ、見逃してあげましょうよ」

そして、タヅ子の耳元に口を近づけた。

「浦田さん。今回だけ。今回だけですよ。次からは、ここで食べて帰って下さいね」

そして、使い捨ての弁当容器を取り出すと、御飯とおかずを綺麗に詰め替えた。

「はい。これは息子さんの分」

タヅ子は大事そうに容器をシルバーカーに収めると、よちよちとした足取りで帰って行った。

「ちょっと、これを見てくれる。辰巳さんが作ってくれたんやけど」

子供達も帰り、掃除が済んだ後で佳代に手配書を見せる。

「ユウトくんって子も、こういう服装の子も来てませんね」

手にしたユウトの手配書を見ながら、佳代は首を傾げた。

「でも、辰巳さんらしいですね。大きなお世話にならなければいいんですけど……」

手配書には（尋ね人・ユウトくん）とあり、佳代が苦笑いしている。

辰巳は十喜子に絵を描かせると、それをもとにユウトの手配書を作り上げた。

いきなりそこまで踏み込むのかと思いはしたが、辰巳は「お節介なぐらいでちょうどええんです」と言い張る。何事もなければ笑い話で済むけれど、躊躇していたが為に取り返しのつかない事になる可能性もあるのだと。

「『キッチン住吉』に来てる人達に尋ねてみましょうか？」

どうしたものかと迷い、十喜子はすぐに返事ができなかった。

「……ですよね。まずは『見守り隊』で情報を共有して、そこで何も見つからなかったら、という流れで行きましょうね」

佳代は察しが良かった。

「辰巳さん、ええ人なんやけど、色んなとこに首を突っ込み過ぎるとこあるから。頼まれてもないのに勝手に手配書まで作って……。無理矢理『見守り隊』の仕事を増やそうとしてるみたい」

「そりゃ、隊長ですもん。仕事がなければ、隊長も活躍しようがないじゃないですか」

くすくすと佳代が笑い出す。

「肝心のユウトくん、今頃くしゃみしてそうやわ」

「でも、何処の制服でしょうね？ 私立の学校はホームページで制服を紹介しているから、何かとっかかりがあればすぐに分かると思うんですよ」

ユウトが着ていたのは、色はオーソドックスな紺色ながら、五つボタンのステンカラージャケットに同色のズボンで、膝丈（ひざたけ）のズボンにはセンタープレスが入っていた。

「ランドセルとかサブバッグに、学校の名前は書かれてなかったんですか？」

「うちに来る時は手ぶらやったんよ」

「電車に乗って帰ったって言ってましたよね？ たこ焼きを買うお金はないのに、電車賃はあったって事かしら？」

「チン電も、今はＩＣカードが使えるからね。なぁ、佳代ちゃん。家がお金持ちやのに、十分に食べさせてもろてない子供っておるんやろか？」

「うーーーん」

佳代は腕組みをし、さらに首を傾げた。

「両親が忙しくても、今の子はコンビニで買い食いできるし、お金で雇った人に食事の用意くらいは頼めると思うんですよねぇ」

「そうよね。試しに、ここにも誘ったんよ。チラシを渡して。でも、利用してないとこ見ると……」

そこまで差し迫っていないのだろう。

「あ、それより、冷めないうちに召し上がって下さいね」

テーブルの上には、佳代が用意してくれた賄いが置かれていた。

御飯に肉じゃが、ひじきの煮物に味噌汁という簡単な料理だが、野菜は同じ大きさに切りそろえられ、佳代の丁寧な仕事ぶりがうかがえる。

料理は作る人に似る。

元々の肌質が良いのか、念入りに手入れをしているからか、佳代は化粧もろくにしていないのに、透明感のある肌が人目を惹く。そんな彼女が作るのは、季節の野菜を使った簡単な料理や、素材を生かしたフルーツたっぷりのケーキだ。

今朝焼いたというバナナのケーキと苺のタルトを包んでもらい、十喜子は帰路についた。

と言っても、目と鼻の先、歩いて三十秒もかからない。

だから、「キッチン住吉」を出た途端、自宅の前に人が立っているのに気付いた。

髪を綺麗に巻き、上品な色合いのカーディガンに白いフレアースカートを組み合わせた装いから、暗がりの中でも近所の住人でないのが分かった。こういう帝塚山あたりで見かけそうな女性は、十喜子の知り合いや友人の中にもいない。

「うちに何か御用ですか？」

十喜子は首を傾げた。

振り返った女性には、やっぱり見覚えがない。

綺麗な顔をしていたが、表情に険がある。

誰かに憎まれるような事をしただろうか？　それとも、生前、進とかかわりがあった女性だろうか？

相手が誰なのかを測りかねていると、女性は「私、大平佑人の母です」と名乗った。

「……佑人」

十喜子は「あっ」と声を出していた。

「もしかしてうちに来てたユウトくんの？」

「お金、払います」

女性はバッグから分厚い長財布を取り出した。

「お母さん。私、そんなつもりで……」

だが、十喜子の言葉は遮られた。

「……佑人には、屋台の食べ物を与えた事なんかないんです。不潔な、そんな下品なもの……」

「ちょっと、いきなり来て、うちの商品を不潔やとか、下品とか、言いたい放題やね。営業妨害に来たんですか？」

女性の顔が赤くなる。

「すみません。ちょっと頭に血が上って……。とにかく、お金を受け取って下さい」

「それは受け取れません。あの子にあげたのは、形が崩れたのとか、ちょっと焦げてしもうたのとかです。ほんまにお気遣いなく」

　露骨に顔をしかめられる。

「せやから、食べるのには支障ないけど、商品にならんようなもんという意味です。たとえば、黄身が潰れた目玉焼き、ご家庭やったら食べますよね？　せやけど、お店では出せません。それと一緒です」

　突然、相手が大声を出した。

「だから、お金を払いますって言ってるんです！　あなたから施しを受ける理由もないですし……。さぁ、佑人が食べた分を計算して下さい！」

　ガタガタッと音がして、周囲の家の窓や扉が開かれた。

　夜遅く、住宅街の往来で金切り声を出すという非常識さに気付いたようで、人目から隠すように顔を伏せた。だが、自分でも引っ込みがつかなくなっているのだろう。

「さぁ。早く受け取って下さい」

　そう言って、十喜子に詰め寄ってきた。

　吐く息に、僅かにアルコール臭が混じっていた。

四

ランチタイムが終わったばかりの「ひまわり」は、人もいない。

住吉大社駅に最も近い「一番街」に属するこの店は、ガラス張りの店頭に食品サンプルが並ぶ、昭和時代には「純喫茶」と呼ばれたような喫茶店だ。

そして、店先には「地域の暮らし見守り隊」のプレートがぶら下がっている。

その「ひまわり」の一番奥のテーブル席に、十喜子と辰巳は向かい合わせに座っていた。

「へぇ、それでお金を受け取ったんだっか？」

老眼鏡を鼻先の方へとずらし、辰巳が上目遣いをした。

「受け取らん事には収まらんかったんですよ。受け取るというより、最後は投げつけられたという方が近いかな。酔った勢いで訪ねて来たみたいで、そらぁ、もう、えらい剣幕で……」

一万円札を投げつけるようにして寄越(よこ)した後は、釣り銭を用意するという十喜子を無視して、通りかかったタクシーに乗って立ち去った。

テーブルに置かれた手配書には、佑人の人相やおおよその年齢、背恰好(せかっこう)の他に、十喜子が描いた制服のイラストが入っている。備考欄には（住吉鳥居前住宅街のたこ焼き屋に出没）と書かれている。

「良かれと思ってしたんやけど、ちょっとやり過ぎたかいなぁ」

辰巳の豊富な人脈を考えたなら、多方面にばら撒かれる事は予想できた。だが、まさか当の本人の母親から怒鳴り込まれるとは思わなかった。

「商店街の蒲鉾屋はんに、帝塚山からわざわざ買物に来てるご婦人がおりましてなぁ。その店主の話やと、どうも離婚したはるみたいで……」

辰巳の地獄耳は、佑人が帝塚山にある母の実家で暮らしていて、兵庫県にある私立大学附属の初等部に電車通学しているというところまで聞き出していた。

「どうりで、見慣れん制服のはずやわ。酷い事も言われたんです。うちのたこ焼きが不潔やとか……」

「ははぁ、そこまで言うんだっか？　そら、ちょっと……」

十喜子は、辰巳が配った手配書を手に取った。

「自分の子供が他所で何をしてるか、お母さんは知らんかったんやろねぇ。まさか、他所でただで食べ物を与えられてるとは思わへんかったから、ショックを受けたんとちゃうかな。それも、よりによってたこ焼き」

「たこ焼き、美味しいのになぁ」

「上品な人からしたら、抵抗あるんと違う？　佑人くんのお母さん、お金のかかった恰好してはったし」

「高い服を着てるから上品やとは限りまへん。だいたい、お金を投げつけるやて、育ちのええ人のする事とちゃいまっせ。いや、それ以前に、いきなり訪ねて来て、夜分にわめき散らすやて、非常識も甚だしい……」

興奮した辰巳の声が高くなったところに、ママが銀色の盆を手に近づいてきた。

「はい。お待たせ」

カーリーヘアに身体にぴったりしたセーター、豹柄のミニスカートの彼女は、十喜子より年上だ。

「大番頭はん、あんまりカッカしたら、また血圧が上がるわよ。これ食べて機嫌直しいな」

大量の卵を使ってふわふわに焼き上げた玉子焼きが挟まった、特製玉子サンドだ。

「これ、これ。たまりまへんなぁ」

辰巳は嬉しそうにおしぼりで手を拭った。「ひまわり」では、今では珍しくなったおしぼりが出てくるのだ。

「さぁ、いただきまひょか。話は後や」

十喜子もおしぼりで手を拭うと、玉子サンドを手に取った。

軽くトーストされたパンと、サイフォンで淹れたコーヒーの香りが食欲をそそる。

この辺りは、少し歩けば喫茶店が見つかる場所だ。それも、嫌煙権が主張される今時に、昔ながらの店名が入ったマッチを置いているような。

「ひまわり」でも、遠慮せずに煙草を吸う者がいたし、花柄の壁紙もヤニで汚れていたが、十喜子の青春時代を見守ってきた店だ。進との初めてのデートも、「ひまわり」だった。

当時、マスターだったママの父親が逝き、ママと常連客との会話が、子供に関する諸々の悩みから、生まれたばかりの孫の話や健康談義、老後問題に変わろうと、日曜日の昼間に店内に備え付けられたテレビで流されるのが「あっちこっち丁稚」から、「ビートたけしのTVタックル」になろうとも、この店の在り方は変わらない。

「ほな、お十喜さん、ママ。始めまひょか」

不定期に「ひまわり」で開かれる会議では、「地域の暮らし見守り隊」の活動報告の他は、どうやったら商店街に人を呼べるかという話題に終始する。

「やっぱり若い人に来てもらいたいね。アイドルを呼ぶのはどう？　嵐の櫻井くん、私も会いたいわぁ」とママが言えば、辰巳が顔の前で手を振る。

「アイドルを呼ぶんやったら、それなりにお金かけてステージを用意せなあかん。そんな予算はおまへん。だいいち、こんな小さい商店街に櫻井くんを呼んだら、ファンが押し寄せてえらい事になりまっせ」

「ほんなら、芸人さんは？　舞台と同じ恰好で、通りを歩いてもらうだけでええやない。すっちーとか茂じいとか……」

「ママ、アイドルとか芸人さんを呼べるような伝手でもあるんでっか？」

「私より大番頭はんの方が顔が広いやないの」

「お金を使うてイベントやって、それで終わりではあきまへん。商店街の魅力を伝えて、引き続き買物に来てもらえるようにせんと、一日だけのお祭りで終わってしまう」

「それを言い出したら、商店街の性格を変えるしかないでしょ。スタバみたいなカフェとか、若い人が好きそうな店を出すとか。あぁ、でも、スタバに来られたら、うちの店なんかすぐに潰れてしまう……」

「ここはコンビニもろくすっぽないような町です。そんなとこにスタバが来ますかいな」

　これといったアイデアも出ないまま、話は御近所ネタに流れてゆく。

「浦田さん、また猫に餌やりを始めたみたいよ」

　ママが赤く塗った口紅を歪めた。

「知ってます。ワタイんとこに苦情が来てまっさかいな」

「去年は餌付けした猫が子供を産んで、えらい騒ぎやったやないの。子猫の貰い手を探すのに、私らがどんだけ苦労したか……」

「悪いけど、猫を捕まえるのだけは勘弁しとくなはれ」

　辰巳は手の甲をさすった。そこには、怒った母猫に噛み付かれた跡が二つ、まだ塞がらないまま残されていた。

「ママ。浦田さんがここに来た時にでも、きつーに注意しといてや。ボケた振りしてるけど、意外と頭はしっかりしてるさかい」

　ママがため息をついた。

「猫はすみよっさんの招福猫だけで十分。招福猫は鳴きも、嚙み付きもせえへん上に商売繁盛を招いてくれるもん」

　そして、店に飾った招福猫を振り返った。

　招福猫とは、水玉模様の肩衣（かたぎぬ）をつけた土製の招き猫で、毎月最初の辰（たつ）の日に、住吉大社にある四つの末社を順番に巡る「初辰まいり」で手に入れる事ができる。参拝を重ね、小猫を四十八体集めると、「四十八辰（しじゅうはったつ）＝始終発達」の満願成就、中猫に交換してもらえる。中猫二体と子猫四十八体が揃（そろ）うと、今度は大猫と交換できる。

　左右それぞれ手を挙げた大猫二体を入手するには、最短でも二十四年かかる計算で、「ひまわり」には年季の入った大猫二体が店頭の目立つ場所に飾られている。

　その時、ドアに取り付けられたカウベルを盛大に鳴らしながら、飛び込んできた客がいた。灰色の作業着を来た謙太だ。

「やっぱり、ここやった」

　謙太は十喜子と目が合うなり、表を振り返った。

「おーい。ポリさん。こっち、こっち」

ドアを開けたまま、大声を出す。

「謙太！　あんた、また、なんか悪い事したんか？」

近くの交番にいる巡査が、謙太の後ろに姿を現したものだから、ママがマスカラをたっぷり塗った目を見開く。

「うーわっ、俺とちゃうって」

「岸本さん。ちょっとええですか？」

巡査に目配せされ、席を立つ。表には、別の警官に付き添われた女性が一人、佇んでいた。

見覚えがあるような、ないような女性だった。

「……あの。先日は失礼しました」

喉から絞り出すような声を出した後、女性は顔を上げた。化粧が浮き、カールした髪も何処か乱れていた。

「あ、もしかして佑人くんのお母さん……」

咲き誇っていた大輪の薔薇が、たったの数日でしおれたように見えた。

佑人の母は、香織と名乗った。

「どないしはったんですか？」

香織は肩を震わせると、わっと泣き出した。

「佑人が帰ってこないんです……」

五

警官が正面に、憔悴し切った香織が十喜子の斜め前に座っている。そして、テーブルの真ん中には、辰巳が作った手配書が置かれていた。

「これを作ったのは？」

「はい。ワタイだす」

脇に控えていた辰巳が身を乗り出す。カウンターには謙太が座り、その向こうではグラスを磨く振りをしながら、ママが聞き耳を立てている。

「お母さん。気ぃ悪うせんとって下さい。『地域の暮らし見守り隊』は、お節介が仕事ですのや。昔の大家族でいうところの雷親父とか、世話好きのお婆ちゃんみたいなもんで……」

幼児や子供を取り巻く環境は、この数十年で大きく変わった。何しろうっかり子供に挨拶でもしようものなら、不審者扱いされる始末なのだから。

「それは、おかしい」と言い出したのが辰巳だ。商店街の店主達を巻き込み、進も隊員として、地域と子供をつなげる取り組みに協力していた。そして、進が亡くなった後は十喜子が代わりに後を引き継いだ。

「あまり大袈裟にするんもどうかとは思たんですが、うちに通ってきてた佑人くんの様子を思い出すと、私も気になり始めたんです。あれぐらいの年頃の子は、相手してくれる大人には煩いぐらいお喋りになるのに、口数も少ないし……」

俯いたまま、香織はハンカチで口元を押さえていた。

「でも、さっきも言うたように、私んとこには来てないんです。お役に立てなくて、申し訳ありません」

十喜子の言葉に、香織は肩を落とした。

「我々も付近をパトロールしますので、どうか、皆さん、ご協力お願いします」と言い残し、警官が香織を伴って立ち去った後は、もう会議どころではなかった。「俺、配達の途中やった」と言う謙太の襟首をママが引っ張る。

「あんたは小学生の頃から、しょっちゅう家を空けてお母ちゃんを心配さしてたよね？」

「そんな昔の話、蒸し返さんでもええやろ？」

「いいや。不良の気持ちは不良にしか分からへん。何ぞ心当たりないか？」

「分かる訳ないやろ！　俺、その佑人とかいう奴と友達ちゃうし。顔も知らんし」

「不良の行動パターンぐらいは分かるやろ？」

謙太は腕組みをし、急に真面目腐った顔をした。

「せやな。仲間とコンビニとか、公園でたむろってたけど……」

「ちょっと、謙太くん」

たまらず、十喜子は割って入った。

「佑人くんは小学生や。それも幼稚園を卒園したばっかりの小さい」

「ほら、謙太。それぐらいの年頃の時、あんた、どないしてた？」

ママが謙太を急かす。

「ちょっと待て。今、思い出すから……」

三人の視線が謙太に集まる。

「俺の場合、友達の家やったな。親があんまり煩ない家とか、仕事で留守してるとか」

「でも、学校の友達やったら、お母さんは真っ先に問い合わせるでしょ？」

「分かってへんなぁ」と言いながら、作業着のポケットから煙草を取り出そうとした謙太に、ママが凄む。

「うちの店では、未成年の喫煙は禁止や」

渋々、煙草をポケットに戻す謙太。

「……連絡のつかん親がおんねん。一日中パチンコ屋に入り浸ってて、携帯鳴っても取らへんとか」

「あぁ、そうか。子供に無関心な人、おるもんねぇ。他所の子が遅い時間まで家におって、泊まってても気にもせえへんとか。大らか過ぎるというか、その子の親が心配してるの、気ぃつかへんのやろか」

自分の子供に関心がないのだから、子供の心配をする親の気持ちも分からないのだ。

「今は個人情報の取り扱いも煩いし、連絡網もないんでっしゃろ？　気位の高そうな母さんやったし、自分とこの子供が何処へ行ってしもたて、相談できる友達もおるんかどうか」

「ご近所とか学校を飛び越して、一直線に警察に相談したんかもしれへんわよ」

有り得る、と思った。

いきなり十喜子の店に来て、叩きつけるようにお金を置いていくような真似をするのだから。

「連絡網もないって、嫌な世の中やねぇ。昔は何かあったら、皆で協力し合ったのに……」

ママの言葉に、辰巳が手を振る。

「それかて揉め事の種でしたやんか。業者に住所録を売る人がおって、家に押し売りが来たりして……」

「そうやね。そういう事があったから、連絡網とか住所録は作らんようになった」

「あきませんなぁ。年をとると、若い頃の事を美化してしまうんですわ。あの頃はあの頃で嫌な事があったのに、錯覚するんやなぁ」

「……ちょっと、あれ……」

ふいに、ママが十喜子の肩をつついた。

警官と立ち去ったはずの香織が、「ひまわり」の店先に立っていた。行き来する人の中に佇んだまま、ぼんやりと店内に目を彷徨わせている。

「呼んだげなはれ」

辰巳に促されたママは、ガラス戸を押す。

「中に入りはったら？　十喜子ちゃんやったら、まだ中におるわよ」

香織がほっとしたように肩から力を抜いたのに気付く。

ママは入ってすぐのカウンターに香織を案内し、十喜子もその隣に移動する。気をきかせたのか、謙太は自分の飲み物を手に、辰巳が座るテーブル席へと移った。

ママは奥の厨房へと引っ込み、夜の仕込みを始めた。急に人の気配がなくなったカウンターに、八〇年代のディスコミュージックがやけに騒々しく流れる。

「差し出がましいようやけど、話を聞かせてくれる？　込み入った事情があるんでしょ？」

香織は焦点の定まらぬ目を泳がせた。

「お母さん、何で佑人くんが私のとこにおると考えたん？　ほんまは佑人くんの居場所に、心当たりがあるんやないですか？」

なかなか言葉を発しない香織だったが、粘り強く待っていると、ぽつぽつと喋り始めた。

「別れた主人が、この辺りに住んでいたんです。佑人は月に一度、主人のもとに行ってました」

過去形なのが気になった。

「佑人くんがおらんようになった事、別れたご主人のとこには連絡したんですか？」

「いいえ」

不思議に思った。

父親を慕って、子供が訪ねて行く。真っ先に考えられる話なのにと。だが、十喜子は

「何故(なぜ)？」と問いかけてやめた。

「別れたご主人が住んでた家、案内してくれますか？」

六

「結局、見つからなかったんですか？」

佳代は洗い物の手を止め、物問いた気な目をした。

香織の元夫が住んでいたのは、国道を渡った向こう側にある若い世代が多い新興住宅街で、十喜子の守備範囲外だった。

それでも香織に付き合って近所の家を訪ね、ドアを開けてくれた人に佑人の写真を見せ

て回った。

親身になって心配してくれる人や、見かけたら連絡すると約束してくれた者もいたが、明らかに在宅しているのに応答がなかった家もあった。

「一軒一軒訪ねて回ったんやけど、今はテレビインターフォンのお宅が多いでしょ？　女の二人連れやと訪問販売か、怪しい勧誘みたいに思われたみたいで、はなから出てくれへんのよ。お母さんは気が立ってるから、隙あらば家の中を覗こうとしたり、庭先まで踏み込んで子供がおるかどうか探ろうとするし、ちょっと大変やった」

「でも、警察も同じように探してくれてるんですよね？」

「事件になってないんやし、あの人らも家の中までは覗いてくれへんよ」

十喜子はため息をつき、首を振った。

「変ですよね。普通は別れたご主人のところに行ったと考えると思うんですけど……」

「何か事情があるんやろね」

佑人は父親の新しい居場所を知らされていないか、もしくは子供が訪ねて行けるような場所には居ないのだ。

「あ、浦田さん。こんばんは」

シルバーカーを押す影が、ドアの向こう側に見えたかと思うと、車ごと力任せに入ってきた。すかさず佳代が駆け寄り、通りやすいようにドアを押さえる。

「息子さん、お元気にしてますか？」

佳代が尋ねるのに答えず、タヅ子は口をむっつりと結んだままだ。そして、シルバーカーにぶら下げた買物袋を探ると、蓋つきのタッパーを取り出した。

「浦田さん。お願いだから、食事はここでしてって下さい」

テイクアウトは一度きりの約束が、すっかり忘れているようだ。いや、忘れた振りをしているのか？　容器の蓋を開け、そこに食べ物を入れようとしている。

困惑した佳代は、泣きそうな顔で十喜子を見る。

その時、辰巳が「猫の餌やりを注意してくれ」とママに頼んでいたのを思い出す。

「また、餌をやってるらしいね」

自分でも驚くほど、声がとがっていた。

しまったとでもいうように、タヅ子は動きを止め、肩をすくめた。その仕草が、いたずらを見咎められた時の猫のようだ。

「もしかして、猫に食べさせるん？　人間が食べる物を動物に与えたらあかんよ。味付けが濃かったり、体に悪いもんが入ってたりする……」

「猫と違う……」

小さな声だった。

「帰ってきたんや。あの子が」

佳代がそっと間に入ってきた。

「ごめんね、浦田さん。『キッチン住吉』はテイクアウトはできない決まりなんです。良かったら、息子さんを連れて来られてはどうですか？」

「ここに？」

歯のない口が、空洞のように開かれたままになる。

「そう。一緒にここで食べるんです。駄目かな？」

佳代を引き寄せ、十喜子は小声で囁いた。はっと口元を押さえた佳代に代わって、十喜子が前に出る。

「つい、こないだまでお彼岸やったもんねぇ。将司くんが帰ってきてもおかしない。でも、仏さんに供えるんやったら、ちょっと多過ぎるんとちゃう？」

タヅ子がタッパーを取り落とした。

「あんた……、あんた、何を言い出すねん……」

狼狽（うろた）えたように声を震わせた後、タヅ子が吠（ほ）えた。

「縁起でもない！　仏さんやて……。これは、これは、あの子が食べるんや！」

今にも摑（つか）みかからんばかりに、食ってかかってきた。

「十喜子ちゃん！　あんた、人の子供を仏さん呼ばわりして、どういうつもり？」

「浦田さん。将司くんはもう……」

この世におらへんのよ。

だが、老人特有の潤んだような濁った目を見るうち、十喜子は言葉を呑み込んだ。

――子供が亡くなった事、まだ受け入れられへんのよね。

「進ちゃんは、優しかった……」

しんと静まり返った「キッチン住吉」で、タヅ子は忙しく手を動かし、佳代が作った茄子の天ぷらと、豆腐ハンバーグをタッパーに詰め込んでゆく。

「……進ちゃんはまー君とも遊んでくれて、悪さする子も追っ払ってくれて……。あの頃が一番、楽しかった。進ちゃんと遊んでた、あの頃に戻りたい。まー君は、時々そない言うんや。十喜子ちゃん。私も同じや。進ちゃんがおった頃が、私は一番幸せやった」

喉が詰まったように苦しくなり、十喜子は顔をそむけた。

「十喜子ちゃん。進ちゃんが死んだんは、あんたのせいや。あんたが颯くんをあんじょうでけへんかったから、進ちゃんは気に病んで早死にしたんや」

「浦田さん！」

佳代が悲鳴を上げる。

「何を言い出すんですか……。親身になってくれている十喜子さんに」

十喜子は「ええんよ」と佳代の肩に手をやり、首を振った。

七

玄関を施錠し、ガスの元栓が閉まっているのを確認した後で二階に上がる。ガラス越しに光が漏れるよう、階下の明かりは消さないでおく。

夜通し一階の明かりを灯しておくのは防犯の為もあるが、深夜に「子供が帰ってこない」とか、「お婆ちゃんが徘徊を始めた」とか、何かあっても遠慮なく駆け込めるようにとの配慮だった。

回り階段を上がると、短い廊下を挟んで両側に部屋があり、通りに面した狭い和室を寝室として使っていた。

仏壇と井桁の形に組んだベッドの他は、進の遺品が入ったダンボールを綺麗に重ねて、布で覆ってある。十喜子の気持ちの整理がつけば、後は処分を待つばかり。だが、未だ捨てられずにいる。

ヘッドボードがないベッドは、マットレスより大きく作られていたから、空いたスペースに目覚まし時計やベッドランプ、読みかけの本が置けた。

大抵はランプをつける間もなく寝入ってしまうのだが、今晩はなかなか眠れなかった。

タヅ子の息子、将司へと思いを馳せた。

将司は今でいう引き籠もりで、滅多に外で見かける事はなかった。そして、タヅ子が入院している間に、自宅でひっそりと亡くなっていた。

将司の遺体を見つけたのは、退院して戻ってきたタヅ子だ。

母親が不在になった後は、自分で身の回りの事ができずにいたのだろう。ゴミだらけの自宅で、最期は何かを食べる気力もなかったのか、痩せさらばえた姿で布団の中で眠るように亡くなっていたと聞く。

タヅ子の憔悴ぶりには十喜子も胸を痛めていたが、それ以上にショックを受けていたのが進だった。

同級生だった進は、気の弱い将司を子分代わりに連れ回しては、面倒を見てやってる気でいたのだが、何時しか疎遠になり、将司の変調にも気付く事はなかった。つまらない事で仲違いした。そんな風に言っていたかもしれないし、将司の方が進を避けたのだったか、もう忘れた。

アーン、アーン。

何処からか赤ん坊の泣き声が聞こえてきて、はっと身をすくめる。が、すぐにそれが、恋の季節を迎えた猫の鳴き声だと気付く。

――結局、猫の餌やりも、ちゃんと注意でけへんかった。

とは言え、タヅ子とは意思の疎通が難しかったし、高齢者の猫の餌やりは、動物の問題と捉えていては解決しない。

十喜子はタヅ子が抱える寂しさへと思いを馳せた。

一人暮らしが続き、頭がぼんやりとしてゆくうちに、将司が亡くなった事も忘却の彼方へと失せたのだろうか？

或いは、忘れた振りをしているだけで、もしかしたら猫に将司とかまー君とか呼びかけているのかもしれない。その方が、ずっと哀れだと思った。

雨漏りの跡が残る天井を見る。

いつか、自分も颯が忽然と消えた過去や、息子がいたという事実すらなかった事にしてしまえる日が来るんだろうか。

――私も物忘れが激しなったしなぁ……。

年をとり、物忘れが酷くなるのは決して悪い事ではない。十喜子は最近、そんな風に思うようになった。

長く尾を引く猫達の甘ったるい鳴き声を聞くうち、眠気が覚めていった。時間だけが無闇に過ぎて行く。

ふいに、通りで人の足音がした。コツコツとヒールが路面を叩く音がやけに響き、十喜子の家の前を通り過ぎては、また戻ってくるのを何度も繰り返していた。それがパタリと止んだ。

ベッドから身を起こす。

まんじりとしていると、明かりを落とした家の中にインターフォンのチャイムが響いた。十喜子はベッドから滑り降りる。

いつ人が訪ねてきてもいいように、パジャマは部屋着にも見えるデザインを選んでいる。カーディガンだけを羽織って階段を降りた。

「はぁい、何方ですか？」

用心して、ガラス戸越しに尋ねる。

「……大平です」

鍵を開け、細めに開いた戸の隙間から香織の顔を確認する。

立ち竦む香織の顔色から、まだ警察から佑人が見つかったと連絡が入っていないのが窺えた。

「靴のままでどうぞ」

半分がた土間に改築された一階には、十人ぐらいで囲めそうな大きなテーブルが置かれている。食卓と配膳台、事務机や応接用テーブルまで兼ねる万能机だ。

「亡くなった主人が、いずれ店舗にするつもりでリフォームしたんやけど、結局、そのまんま……。ええ気なもんやねぇ。人に後始末を押し付けて。……あ、そちらへどうぞ」

いつも、相談者を座らせる場所を示す。

何人もの人が腰掛けた籐椅子は所々が飴色に光り、背もたれ用のクッションは洗濯し過ぎて色褪せている。躊躇いながら香織は浅く腰掛けた。

新しく作ったメニュー表がテーブルの端に置かれていて、香織が目を止めた。十個入り五百円の定番に「＋50円でチーズ入りできます」と書き加えられている。

「こんなものが食べたかったんですね。佑人は……。私が用意した料理ではなくて……」

あとはラミネート加工するばかりになった紙片を手に取り、じっと見つめている。

「子供てね、そんなもんですよ。きちんと栄養を考えて作った手料理より、体に悪そうなもんを食べたがるのん。私もよう息子に言われました。『こんなもんが食えるか』って……」

偏食が激しかった颯は、十喜子が用意する鯖の塩焼きや野菜の煮物を嫌い、カップ麺ばかり食べていた。

「息子さん？」

香織は顔を上げ、ゆっくりと室内を見回した。

男の子がいる家庭にありがちな、趣味の道具やゲーム類が置かれた棚や、独特の臭気や痕跡を探そうとするように。

「とっくの昔に出て行ったきり。何処で何をしてるかも分からへん」

生きてるのか、死んでるのかも分からないという言葉を、ぐっと飲み込む。代わりに出てきたのは、愚痴のような本音だ。

「親って報われへんわねぇ」

「佑人は……、まだ小学生です。自分の意志で出て行ったんじゃありません。必ず、誰かと一緒にいるはず……」

現実的に考えれば、小さな子供が親元を離れて、まともな生活ができるはずがない。誰かに連れ回されているか、最悪の場合は事件や事故に巻き込まれた可能性がある。だが、小さな子供の行方を案じている母親に言って良い言葉ではない。

「あれから……ご主人には相談したん？」

「あの人は再婚して、今は新しい奥さんと他所で暮らしています」

気まずい沈黙が流れる。

まずはお茶を出すべきかと迷ったが、結局はそのまま向かいの椅子に座る。

「何でご主人と別れる事になったんですか？」

「それが、よく分からないんです。つまらない事で喧嘩して……。でも、それはきっかけに過ぎなかった。ひとつひとつは本当につまらない、日々の意見の食い違いが積み重なって、気付いたら取り返しのつかない所まで気持ちが離れていたんです。性格の不一致というか……」

夜が二人の間にある壁を取り払っていた。

「あったなぁ。私にもそういう時期が」

新婚時代、あまりにも価値観が違う夫に、驚きの連続だったのを思い出す。

「もう、毎日が喧嘩。しまいにはアホらしなって、他人やと思うようにした。思い通りにならん知らんおっちゃんが、家の中におると」

きちんと身の回りを片付けないと落ち着かない十喜子に対して、進は脱いだ服はそのままで、食べかけの菓子袋は口も閉じられずに放置されていた。「埃で人は死なん」。それが夫の口癖だった。

「私は、そんな風に思えなかった。夫を自分の思い通りにしようとして、でも、ならなくて、嫌われてしまった。自分の方が正しいと思い込んで、夫の事を分かろうともしなかった……」

「旦那さんも同じやったんやろうね。香織さんの事、分かろうとせんかった。つまり、合わへんかったんやね？」

十喜子は「お母さん」ではなく、「香織さん」と呼んでいた。今、彼女は母親ではなく、一人の女性として十喜子に対峙しているのだから。

「香織さん、ずっと自分を責めてたんと違うのん？」

「……主人と別れる事になった時、誰も私に『辛かったね』と言ってくれなかった。父は私を叱るし、母はおろおろするばかり。佑人はお父さん、お父さんと言って泣くし……。佑人がもっと小さい頃は悩んでいる閑もなかったけれど、でも、最近になって何がいけなかったんだろう、もっと上手くやれたんじゃないかって……。気がついたらぼんやりと考えているんです。佑人が帰宅する頃になって、お手伝いさんから声をかけられて、ようやく体が動くようになるんです。だから、今、佑人がいなくなったら……」

香織は「うっ」と声を詰まらせた。

傷ついたのは佑人だけではない。

香織自身、結婚生活に失敗した自分や、新しい生活を始めた元夫を受け入れられず、一人で取り残されたような気持ちでいるのだ。

十喜子は頭を巡らせ、言葉を探った。

「面白い話を聞いた事あるんです。ロボットの設計をしてる女性の学者さんの話。今風に言うたらAIか？　その学者さんが、何かを監視するスパイロボットの設計をした時、一番、上手いこと動いたんが夫婦型のロボットやったらしいわ。一台は遠い所を監視して、もう一台は身の回りに目配りするような。何かあった時は二台が話し合って、問題が解決するように協力するんやけど……。で、次が肝心なとこ。お互いが相手を『自分よりアホや』って考えるように作っとくらしいんです」

「はぁ……」

「そないしとくと、意見が合わへんかった時にロボットは勝手に別れるらしいんです。別れても残った方が仕事を続けるから、問題ないって」

「それ、一台にまとめられないんですか？」

「一台にすると、プログラムが矛盾して動かへんそうや。つまり、夫婦とは分かり合われへんのが普通。せやから、合わへんかった事は気に病む事でも何でもないんよ」

香織はきょとんとした表情を見せた後、急に体から力が抜けたように肩を落とし、寂しそうに笑った。

香織には言ってやりたい事が幾らでもあった。

夫は他人で、そして、たとえ小さくとも子供にも心は宿っているのだ。一人で頑張ってもどうにもならない時があると。

「ちゃんと食べてへんのと違う？」

十喜子は立ち上がると、厨房に向かった。

専用の油引きでたこ焼き器にサラダ油をしっかりと塗り、ガスを点火した。

十穴ずつに分割された鍋が四つ連なったたこ焼き台は、進が苦労して見つけ出してきたものだ。

焼く際には、たこ焼き鍋一枚ずつ焼かなくてはいけない。行列ができるような店なら別だが、小体（こてい）な店では穴の数が多いたこ焼き器を使っていては、売り残しが出てしまう。そこで、一度に焼く数が抑えられる器具を使い、十個単位で売るようにしたのだ。

たこ焼き器が温まる間に、残った生地を入れたキッチンポットを冷蔵庫から取り出し、容器の底からすくうように柄杓で混ぜる。分離していた薄力粉が溶け、出汁と卵、冷水と混ざり合って、滑らかになる。

客には「亭主が決めた味」として売っているが、この生地は何度も改良が重ねられているし、十喜子の代になってからも調整した。変わらず「美味しいですね」と言ってもらう為には、時代に合わせて微調節するのは必要な事。香織は「そんな下品なもの」と表現したが、安い値段で食べられる庶民の味にも、店主の苦労と工夫が凝らされているのだ。

手をかざして、たこ焼き器が温まったのを確認する。使い込まれ、真っ黒になった銅板からは、薄く引いた油がちりちりと音を立てていた。

そこへ、柄杓を使ってミルク色の生地を溢れるほどに注ぐ。こぼれた生地が、じゅっと音を立て、食欲をそそる香りを振りまいた。

いつの間にか、香織が厨房を覗いていた。

十喜子は素知らぬ顔で、鍋に蛸を一つずつ入れ、紅ショウガ、みじん切りにした葱、天かすを順に散らしてゆく。火が通ってきたら、千枚通しで生地を畳んだり、穴の周りを四角く切ったりと忙しくなる。

千枚通しを操る様子を、香織は興味深く眺めていた。

「佑人くんも、そうやって見てはったわ。珍しいもんでも見るように」

香織は咳払いをした。

やがて、生地に火が通った。

客に出す時には経木の舟皿にたこ焼きを載せ、上からソース、マヨネーズ、青のり、鰹節をかけるのだが、思案した挙句、三角形の黒い皿を取り出した。

いつかイートインのたこ焼き屋で使おうと、進が自分で焼いた皿だ。形が揃っておらず、ムラがあるのも味わい深い。「庶民の味にはこういう不完全な皿が似合うんや」と自画自賛していたが、形の面白さと黒い地肌に意外と料理が映え、十喜子は便利な普段使いの皿として使っていた。

塗りのお盆に皿と竹の箸とを並べ、香織の前にそっと置いた。

「口に合うかどうか分からんけど、いっぺん食べてみて。あぁ、箸で割るんとちゃう。丸ごと、ぱくっと。火傷せんように気ぃつけてな」

最初は躊躇っていた香織だったが、上品な箸使いでたこ焼きを摘むと、そっと口に含んだ。

「熱っ……」

頬を膨らませながら食べ、二つ目に箸を伸ばした。

無言で食べる香織の頬に、涙が一筋、二筋。

自棄になったように、次々とたこ焼きを口に放り込み、食べ終えた時には涙でマスカラが黒く滲んでいた。

「なかなかイケるでしょ？」

「……」

「私は能がないさかい、こんな時にたこ焼きをご馳走（ちそう）するぐらいしかでけへんけど、気持ちを強く持って下さい……ね」

新たな涙が香織の頬を伝った。

バッグからハンカチを取り出すと、香織は折り畳んだ角で器用に涙だけを拭った。

その時、表で猫の不穏な声がした。

「今日は特に騒がしいわねぇ」

雌（めす）を取り合って喧嘩でも始めたのか、つんざくような鳴き声がしたかと思ったら、ウーウーと威嚇し合うのが聞こえてきた。

「何処かの飼い猫が逃げ出したのかしら」

ぽつりと香織が呟いた。余程、疲れていたのか、香織の目はどんよりとしたままだ。

「飼い猫というか、放し飼いというか、猫に餌やりしてるお婆ちゃんがおってね……。皆が迷惑してるの。その人、死んだ息子の代わりに猫を……」

そこまで言って、はたと考える。

（あきませんなぁ。年をとると、若い頃の事を美化してしまうんですわ。あの頃はあの頃で嫌な事があったのに、錯覚するんやなぁ）

老人は、自分が一番幸せだった頃へと戻ろうとする。

（進ちゃんがおった頃が、私は一番幸せやった）

それは、将司がまだ小学生の頃――。

十喜子は立ち上がっていた。

「香織さん。佑人くんの居場所、もしかしたら分かったかもしれません」

「佑人の……居場所？」

はっとしたように、忙しく目を瞬かせている。

「心配せんでもええよ。きっと、大事にしてもろてる。今から行きましょ」

猫が鳴きわめく騒がしい町を、十喜子は歩いた。

月明かりが、先を急ぐ二人の女の影を薄ら（うっす）と照らし出していた。

怒りのチーズ焼き

一

電話が鳴っていた。

八回コールしたが、ファックスに切り替わらない。

十喜子は手を止め、エプロンで軽く手の水気を拭き取ってから電話台へと向かう。

「はい……」

そのまま相手の言葉を待つが、向こうが何も言わないので十喜子も黙っている。暫くすると切れるのもいつもの事だ。かかってくるのは大抵は昼下がり、客足が途切れた時間だった。

受話器を手にしたままボンヤリしていると、「おるんかー?」と表で声がした。

四角い窓から覗いているのは、製粉所の倅・小久保謙太だ。

いつもの作業着ではなく私服だ。Tシャツに腰穿きしたジーンズ、ベルト通しにじゃらじゃらと何かぶら下げている。

「おっす」

謙太は見慣れない男を伴っていた。アロハシャツにロレックスの時計、服装や大人びた風貌から、謙太より年長なのが分かる。

「何か用? 配達は頼んでへんけど?」

「休みや休み。プライベート。たこ焼き食べにきたんや」

「そら、おおきに。幾つ焼こ」

「一人十個やったら足りひんから三十個。ソースはなしで。焼けるまで中で待たしてもらうわ」

返事を待たずに、勝手に中に入る。

「こらっ！　うちはテイクアウトの店や」

一応は注意するが、強くは言わない。

「入って下さい」と謙太が言うのに、男は物珍し気に目をうろうろさせた後、「お邪魔します」と物慣れた様子で敷居を跨いだ。浮ついた見た目とは逆に、落ち着いた声だった。

冷蔵庫から生地が入ったポットを取り出しながら、謙太が相手の椅子を用意してやっているのを見た。

謙太が遊び仲間を連れてくるのも、久し振りだ。

ほんの数年ほど前の記憶を、頭の片隅から掘り起こす。

元々、配達は「有限会社小久保製粉所」の社長夫人、つまり謙太の母親が担っていたのだが、息子がグレて学校に行かなくなったと相談された。その時、暫く岸本家で謙太を預かったという経緯があった。

さすがの謙太も遠慮があったのか、岸本家にいる間は登校時間には起きてきて、学校に行くようになった。暫くは落ち着いていたが、そのうち夜になると遊び仲間が誘いに来るようになった。

どうしたものかと思案していたら、進が「晩飯を食わせたるから、ここに友達を連れて来い」と謙太に言った。翌日から、入れ替わり立ち替わり、謙太が遊び仲間を連れて来るようになった。彼らも謙太と同じように学校にはほとんど行っておらず、夕方に起きて、夜遊びして朝に寝るといった生活をしていた。

最初はタカってやろうとばかりに、食べるだけ食べて帰っていた彼らも、そのうちぽつりぽつりと身の上話をするようになった。

進が話し相手になっているのを、十喜子は洗い物をしたり、他の用事をしながら聞くともなしに聞いていたが、彼らとて今の状況が決していいものとは思っていなかった。

(おかんも寝てるし、昼頃に家におっても注意されへんから)

(学校はおもんないけど、家でテレビ見てるの飽きた)

決して性根が腐っている訳ではない。

親が子供に無関心だったり、生活するだけで精一杯だったりで、学校で勉強したり、規則正しい生活を送る事の大切さを教えてもらっていないのだ。

最初はろくに挨拶もできなかった子達が、そのうち資格をとる為に専門学校に通うようになったり、初めて貰った給料で食事を奢ってくれたりしたが、進が何かを諭したり、仕事を紹介したのでもない。

（あいつら、親や学校の先生とは違う、毛色の変わった大人に話を聞いてもらううちに、素直になったんや。このままダラダラと過ごしとったらあかん。何とかせんとあかんと自分で気付いたんやろ）

進はそう言うが、甲斐性のない進を見て反面教師にしたのではないかと、十喜子は考えている。

「どうする？　チーズ焼きもできるけど」

「チーズ焼き？」

「特別メニューや。テイクアウトでは出されへんから、皆には内緒やよ」

「ほんなら、そっちももろとこ」

「あいよ。先にソースなしからいくな」

柄杓で生地をすくい、熱したたこ焼き鍋に流し込む。続いて蛸を入れ、天かす、青葱、紅ショウガのみじん切りを全体に振り、出汁醤油を一つずつの穴に注ぎ入れた。醤油を入れると焦げやすくなるので、あえて穴が小さめのたこ焼き鍋を選んでいる。

先に焼き上がった醤油味のたこ焼きを四角い俎板皿に並べて、明石焼き風に出汁の入った小皿と箸を添えて、お盆に載せて出す。

「はい。出汁はサービス」

謙太は嬉(うれ)しそうに箸を取った。続いて連れの男も。二人とも箸の使い方がぎこちなく、食べるのに集中しているせいか、自然と会話も減る。

次に、チーズ焼きに取り掛かる。

「え？　ホットプレート？」

テーブルにたこ焼き鍋のついたホットプレートを載せると、謙太が驚いたように目を白黒させた。

「ふふ。お楽しみ」

だが、蛸の他に小さなウインナーが用意されてるのを見て、謙太が叫ぶ。

「ふざけんなや。たこ焼きとちゃうやんけ！」

素知らぬ顔でカッターナイフを取り出した十喜子は、小指の先位の大きさしかないウインナーをさらに半分に切り、その断面に切り目を入れて行く。

「ほぉら、蛸さんウインナーや」

「おばはん。上手(うま)い事、考えよるな」

こういう洒落(しゃれ)が通じるところが、大阪人の良いところだ。

油をたっぷりと使い、卵液を半分ほど流しいれる。

「こっちから半分が蛸。こっちがウインナーな」

具材を入れるところを謙太達に見せ、その上から紅ショウガ、葱、天かすをばら撒(ま)いて、残りの卵液を入れる。そして、頃合いを見て鍋の周りに線を引き、畳み込むようにしてたこ焼きを丸めて行く。

「今日は、ここに油を入れるな」

丸められたたこ焼きの外側から油を入れ、綺麗な焦げ目をつけて行く。

「さぁ、こっからやで」

十喜子はピザ用のチーズを取り出し、たこ焼きを覆うようにふりかけた後、蓋をした。

「余熱で溶かすんよ」

火を止める。

やがて、チーズがこんがりと焦げる匂いが漂い始め、謙太が「うわぁ、たまらんわ」と蓋を開けようとするのを、ぴしりと払う。

「あーかん。もうちょっと待ちなさい」

頃合いを見て、そっと蓋を持ち上げると、チーズはいい塩梅に溶けていた。串でチーズごと取り皿に載せ、二人の目の前に置いてやる。

「はい。あとはセルフサービスな」

「美味い！　こら、美味いわ！」

謙太だけでなく、連れの男まで「美味い。めっちゃ美味い」と連呼している。

必死で食べる二人を残して、ボウルとバットを流しに運ぶ。

洗い物がたまっていた。

シンクに温水を張り、泡だて器、タッパーの他に、朝食で使った食器を洗っていると、表が急にがやがやと騒がしくなった。

やがて車をバックさせる警告音がして、音が鳴りやむと、今度はカランコロンと金属音が響き始めた。

四角く切った窓越しに表を覗く。

ヘルメットにニッカボッカ、地下足袋を履いた鳶職人が行き来しているのが見えた。若い職人が十喜子に目を止め、ついでに品定めするように店の外観を眺めていた。

十喜子の店は自宅の一部を改装し、店主が小さなスペースで一人で焼いてサービスまでするという、大阪によくある町のたこ焼き屋だ。学校から帰ってきた子供が、おこづかいを握りしめて買いに来るような。

ただ、看板代わりに「地域の暮らし見守り隊」の札がぶら下がり、警察から配られた全国交通安全運動のポスターが貼られているところが、他所のたこ焼き屋とは異なる。

洗い物を終えて食器乾燥機を作動させると、布巾でカウンターと流しの水気を取り、最後に手を拭った。

テーブルでは、食べ終えた謙太が何やら深刻そうな顔をしている。

「今日は何か用があって来たんやろ?」

謙太は、そこで初めて連れてきた男を紹介した。

「この人、俺の連れの後輩の先輩の連れなんやけど……」

「えらい遠い繋がりやね」

十喜子が目を向けると、男は会釈するように頭を動かした。

「颯くんを見たんすよ。ミナミで……」

初対面の人物から息子の名前を出されたせいか、頭が追いつかない。すぐに言葉が返せなかった。

「そのぅ、あなたと颯は友達やったんですか？」

記憶を手繰り寄せるが、男の顔に見覚えがない。

「友達というほどでも……」

謙太と顔を見合わせ、そのおでこにできたニキビをぼんやりと見ていた。

黙り込んでしまった相手の代わりに、謙太が応じた。

「人混みの中で一瞬見ただけで、すぐに見失ってしもうたらしい。声はかけられへんかったけど、間違いないって……」

「ほんまに颯やったんですか？」

「間違いないです。着ていた服に見覚えがあって、顔を見たら本人でした」

その話が巡り巡って、謙太の元に届いた。そういう事らしい。

何で今さら。

颯が姿を消した時、十喜子は警察だけでなく、颯の友人にも連絡して手がかりを探そうとした。だが、皆が示し合わせたように「知らない」「分からない」と答えた。

「おばはん。もっかい、探してみいひんか？　颯くんを」

謙太の言葉に、十喜子は首を振った。

「何か思う事があって、自分から家を出て行ったんや。あの子も、もう二十八歳。十分大人で、自分の人生を生きてるんや。わざわざ知らせに来てくれたのに、悪いけど……。ありがとう。気持ちだけ貰っとくわ」

謙太はあからさまにがっかりした顔をした。

二人を送り出すついでに表に出ると、視線を動かして上空を見上げた。

午後二時。

昨日は冷たい雨が降っていたのが、今日は夏日を思わせるほどに気温が上がっている。

雲一つない青い空の下、加茂さんの家の足場は着々と組み上がっていた。ずっと屋根を覆っていたブルーシートも取り外されているから、近々、工事も始まるのだろう。

ぼんやり眺めていると、中から出てきた加茂さんが、小柄な体を折り曲げた。

「悪いねぇ。ご迷惑おかけして」

そう言いながらも、十喜子の背後にいる若い二人を胡散臭そうに見ている。

「いつから工事？」と尋ねると、加茂さんは唇を歪めて見せた。

「それが、今から瓦職人と交渉するとか……。いつまで経っても終わらへん」

「そう。ブルーシートを外してるから、てっきり今日、明日にでも瓦を載せるんかと思ってた」

「半月ほど前に重石の砂の袋が破れてしもてね。その時に、工務店の営業が外しに来はった。ついでに瓦もあんじょうしてくれたら良かったのに……」

工務店の営業も大工も、瓦職人も同じだと考えているようだ。

「すみよっさんも修理に長い事、かかっとったし、あちこちで被害が出てるから、職人さんも忙しいんやろねぇ。気長に待たんとしょうがないわよ」

「お父さんがおったら、梯子かけて屋根に登って、ちゃちゃーっと直してくれたのに……。この足場かけるのに、幾らかかると思う？」

聞こえよがしに言うのに、苦笑するしかなかった。

十喜子の自宅はたまたま無事で、隣家との仕切りが斜めに傾いだ程度で済んだ。だが、屋根瓦が飛び、雨漏りがするような被害が出たら、同じように腹を立てていただろう。

「あ、加茂さんとこの電話が鳴ってるわよ」

開け放したままの玄関から、コールする音が聞こえてくる。

口をひん曲げたまま、加茂さんは小走りで家の中に入った。

年寄りの嫌味に気分を害したのか、或いは暑さで気持ちが荒ぶっているのか、職人達が扱う工具の金属音がやけに乱雑に響く。

「おばさん、ごちそうさん。美味しかったわ」

謙太の連れが笑う。意外な事に笑顔は爽やかだった。

「今の人、仕事は何をしてるん?」

男の姿が見えなくなったところで、十喜子は謙太を振り返った。

「さぁ、俺も知らんねん」

「え、そんな素性の分からん人と遊んでんのん?」

「連れと後輩んとこに遊びに行ったら、そこにおったんや」

ふと、違和感を覚えた。

「ちょっと待った。そこでどういう流れで颯の話になったん?」

謙太が気まずそうに顔を逸らした。

「正直に言うて。怒らへんから」

「……俺が喋ったんや。近所に、こういう人がおったって」

「何で?」

「後輩の連れに、家を出たまま親と連絡とってへん奴がおって……。せやから、颯くんの話を出したんや。ついでに、おばはんが心配してる話とかも……。悪かった」

「……別にええけど」

「ほんま。すまんかった。ごめんやで」

謙太はポケットに手を突っ込むと、男が立ち去ったのとは逆の方角に向かった。

少し時間が早かったが、十喜子もパトロールに出る事にした。

いつもの持ち物に加えて、つばの広い帽子を被り、首には日焼け防止用の細長いストールを巻いた。

南向きに細井川方面へ歩いて行き、阪堺線の軌道を越え、路地を横目に見ながら長居公園通りへと出る。子供達の通学路に不審者がいないかと目を光らせ、同時にひびの入ったブロック塀や、倒れかけたフェンスなどの危険物がないかもチェックする。

昨年の初夏。大阪府北部を震源とする地震で、小学生の女児が通学中に、小学校のプールサイドの塀の下敷きになって亡くなるという痛ましい事故が、高槻市で発生した。

十喜子が暮らす校区の小中学校でも、耐震基準を満たしていないブロック塀の前にはロープが張られ、夏休み中に改修工事が進められた。

通学路に建つ古い家や駐車場脇には、危なっかしいブロック塀が残されたままで、どうしたものかと考えていた矢先に台風二十一号が大阪湾を縦断し、その際に倒壊したり、ひびが入るなどして取り壊された。

信号機が百八十度回転してしまうぐらいの暴風は、瓦礫の山を積み上げて立ち去り、その周囲には呆然とする人々がいたのを思い出す。

年配者は「第二室戸台風の方が凄かった」と言うが、あんな酷い台風は五十数年生きてきた十喜子にとっても初めての経験だった。

通りを渡ると、開け放った窓からピアノの音と子供達の歌声が聞こえてきた。

卯の花の、匂う垣根に
時鳥、早も来鳴きて
忍音もらす、
夏は来ぬ

「あ、忘れてた」と呟いていた。

住吉大社では五月になると、卯の花が見頃を迎える。境内の隅にひっそりと佇む「卯の花苑」は、市内に残る数少ない卯の花が見られ、名所として知られている。何時でも見られるという安心感からか、気付いた時には一般公開が終了してしまう事が続いていた。

——五月も終わりやし、こないだの雨で散ってしもたやろか……。

いつもは通り過ぎる「卯の花苑」に、今日は足を踏み入れてみた。

見頃は過ぎていたが、苑内にはまだ花が残っている。

徐々に花色が赤く変化するハコネウツギの枝には、白と赤の花が等分に混ざっており、八重咲きのサラサウツギが華やぎを添え、かと思えば細長い葉のヒメウツギが、野の花を思わせる素朴な花を咲かせている。ほのかに香るのは、一重咲きの薔薇(ばら)か椿(つばき)にも似たバイカウツギ。紫色の房状の花はフジウツギ。そして、ヤブウツギが茂った葉の間から、紅色の花を覗かせる。

桜ほどの晴れやかさはなく、牡丹(ぼたん)や芍薬(しゃくやく)のように絢爛豪華(けんらんごうか)な訳でもない。これが同じ種類かと思えるほど花は変化に富んでいたが、どの花からも楚々(そそ)とした趣きが感じられた。

花を愛(め)でた後は、いつも通り御田を左手に見ながら、阪堺線の軌道を目指す。このあいだまでレンゲが咲き乱れていた御田も、今は田植え前の準備を済ませ、後は入水を待つばかりとなっていた。国の重要無形民俗文化財に指定された「御田植神事(おたうえしんじ)」が六月中旬に執り行われ、そこでさまざまな芸能が奉納されるのだ。

颯も中学生までは、雑兵の恰好(かっこう)で棒打合戦に参加していた。

子供達が走り回るごとに舞う砂ぼこり、ちゃんちゃんと棒を打ち合わせる音。ビデオで撮影する為に、早目に会場に入って席取りしていたのが、ほんの数年前の事のように思える。

十喜子は今、二十八歳になった颯を想像できない。街ですれ違っても、すぐに自分の息子だと分からないだろう。

——ミナミか……。案外、近いとこにおってんなぁ。

そこで仕事をしているのか。たまたま、通りかかっただけなのか。すぐに見失ったのは、颯が足早に歩いていたという事だろうか。服装で分かったというが、それはどんな服装だったのか。

謙太が連れてきた男に、詳しい話を聞かなかった事を少しだけ悔いた。

二

「お十喜さん。えらいご無沙汰(ぶさた)で」

商店街で夕飯の買物ついでに、「食品日用雑貨のタツミ」に顔を出すと、店名が入った法被(はっぴ)姿で接客していた辰巳が、芝居がかった様子で小さな目を見開いた。

「ご無沙汰って、三日前に会うたとこやない」

店先では「イタリアン・フェア」が開催中で、缶詰のトマトや複数のメーカーのパスタの他、レモンのリキュールにワイン、チョコレートやヌガーなどの菓子類が並び、辰巳自身の手になるポップには、ピザやグラスワインのイラストが描(か)かれている。

「今日のワタイのお勧めは、ホールトマトです」

細長いトマトの写真が貼られた缶を手に取る辰巳。

「ツナ缶も安売りしてまっさかい、お向かいの八百屋でシメジや舞茸をお買い上げになって、ツナと茸の木こり風パスタはどないです？」

示し合わせたように、向かいの八百屋の店先には、椎茸、シメジ、舞茸、エノキが置かれ、店主が揉み手をして待ち構えている。

十喜子は首を振った。

「あーかん。年のせいか、トマトソースの酸味が舌にささるようになって……。最近はもっぱらナポリタンやねん」

お気に入りのメーカーのパスタを二袋と、奥の棚にひっそりと埋もれているケチャップを手に取る。

十喜子が十代の頃は、パスタという言葉も、本格的なイタリアンも日常生活にはなく、熱した鉄板の上にケチャップで赤く染まったスパゲティを載せたものが、イタリア風のご馳走だった。

「ナポリタンなぁ。『ひまわり』で出してるようなんでっか？　……あ、噂をすれば何とやら。ママ。明日の会議、よろしい頼んまっせ」

振り返ると、「地域の暮らし見守り隊」の仲間、「ひまわり」のママが腰を振りながらこちらに向かってきている。

黒の合皮のミニスカートに、足元は豹柄のミュールだ。パーマをかけたばかりなのか、カーリーヘアが爆発していた。

「今朝の新聞、見た？」

ママは手にした新聞を差し出した。

「え？　ちょっとどういう事？」

梅田に建つデパートで料理関係の催しがあるらしいが、そこに紹介されている女性の顔に見覚えがあった。「料理研究家・大平香織」とキャプションが付けられている。

香織の一人息子、佑人が失踪事件を起こしたのは、もう二か月も前だ。

「結局、友達の家におったんやって？　人騒がせな」

頷きながら、十喜子は乾いた唇を舌で湿らせる。

「その友達の親も、ちょっと連絡したげたらええのにねぇ。お母さん、慌ててしもて、警察まで呼ぶ騒ぎになって……」

相槌を打ちながら、胸が痛んだ。

夜も遅くなって香織が訪ねてきた日、十喜子は思いついて浦田タヅ子が暮らす家へと向かった。そして、香織を表で待たせ、一人で隣家との間にある通路から裏庭へと回った。

タヅ子が裏庭の戸締りをする習慣がないのを知っていたからだ。

サッシ戸に手をやると、案の定、施錠されてなかった。音を立てないように開くと、裏庭に面した部屋で、佑人は猫と共に布団の中で寝息を立てていた。迷う間もなく家内に忍び込み、起こさないように抱き上げた佑人は、呆気ないほど軽かった。

タヅ子が目を覚まさないうちに佑人を連れ出し、香織は自分が運転してきた車に佑人を乗せて帰って行った。

その事実を、十喜子は誰にも話していない。

香織にも、警察には浦田タヅ子が関わっていた事を話さないようにと言い含めてある。香織がどう説明したかは分からないが、その後、警察が十喜子を訪ねてくるような事はなかった。

「料理研究家って、どういう仕事なんやろ?」

話題を逸らそうと記事を読む振りをしたが、そこに書かれている内容が頭に入ってこない。

「レストランとかカフェのメニューを考えたり、雑誌に載せる写真の撮影も手伝ってるみたい」

ママは記事を読むだけでなく、ネットで大平香織の経歴まで調べ上げていた。

「そら、息子が自分の作った料理を食べんと、他所でたこ焼き食べてお腹ふくらましてたら、頭にくるわね。料理研究家の面目丸つぶれやし」

ママは何故か、ニヤニヤしている。

「私、面白い事、思いついてん。この人、誘ってみいひん？　ここに出店せえへんかって」

「そら、よろしおす」

辰巳が食いついた。

「ずーーーっと前から、『純喫茶ジェイジェイ』の後が決まりまへんのや。あそこは間口がちょっと広いさかい、様子見ながら商売したい人や、とりあえず店をやってみたい素人さんには荷が重いみたいで……」

募集して借り手が付くのは、大抵が間口が一間の小さな店で、賃料が格安なのと、ワンオペで商売できる手軽さで人気があった。暫くお試しでやってみて、商売になると踏めば間口の広い店舗に移って、本格的な器具や什器を入れた店にしてもらいたい。辰巳は、そんな風に考えているのだが、商売を軌道に乗せるのは難しいのか、新規の店舗は移り変わりが激しい。

「『ジェイジェイ』も大して広い店やないけど、あれぐらいやと本格的な店にせんと恰好つかへんさかいな」

「喫茶店も昔みたいに儲からへん。うちもお父ちゃんの代には家族総出の上に、バイトまで雇って回してたけど、今は私一人で十分やし」

「せやから、ワタイはお十喜さんに支店を出さへんかと誘ってるんや」

十喜子は顔の前で手を振った。

「うちかて、店を大きする気はないわよ。あそこで商売しようと思ったら、メニューも増やさんとあかんでしょ?」

「たこ焼きのバリエーションを増やしたらあかんのん? ほら、ロブスターが入ったたこ焼きとかあるやん。いっぺん食べてみたいわぁ」

黒々とアイラインで囲った目を、ママは瞬いた。

「私は高い食材を使うた変わりたこ焼きを出すより、普通のたこ焼きを美味しく作って出したいねん」

だから、客の顔を見ながら調理できる、今のような自宅兼店舗の小さな店で十分なのだ。

その時、職人風の男性達が住吉大社駅方面から歩いてきた。二列縦隊で歩く彼らを避けるように、通行人達が隅へと寄る。

「あの人ら、加茂さんの家に足場を組んでた人らやわ」

今日も近くで仕事していたのだろう。先頭を歩くリーダー風の男に見覚えがあった。

「そない言うたら、足場が組まれてたわね。加茂さんとこ外壁でも直すの?」

「瓦が飛んでしもて……」

十喜子とママが喋る横で、辰巳が男達の顔を観察するように、じろじろと見ている。

「ワタイが知ってる職人さんはおりまへんなぁ。恐らく、どっか他所からきた人らやな」

ママも彼らの行く先を追っていたが、「ひまわり」の店先に置かれたショーウインドーに目もくれずに通り過ぎるのを見ると、辰巳と十喜子との会話に戻った。

「地元の業者はご高齢やし、廃業した人も多いわよ。残り少ない地元の工務店は何処も満杯で、ツテを頼って遠いとこにある業者に頼んだ人もおるみたい。おまけに、瓦職人が捕まらへんから、足場を組んだはええけど、長い事、放ったらかしにされてるって怒ってる人もおった」

「この何年か、日本は地震に水害、台風と災難続きやったさかい、瓦の数も追いつかへんし、職人さんの手も足りへんのやろなぁ」

辰巳の知人の瓦屋でも、二百軒待ちという話だ。

「それは分かるけど、足場を作られると、誰でも簡単に二階に上がれるし、家によっては裏側に回られてしまうから、不用心やよ」

ママの言葉に、十喜子も急に不安になる。

「加茂さんとこも表に梯子がかけてあった。それも、うちの家がある側に。あれを伝ったら、うちの二階にも上がれるわよね？」

「それ、泥棒に『どうぞ入って下さい』と言うてるようなもんやない」

辰巳が突如、ぽんと手を叩いた。

「そら、あきまへん。この機会に『見守り隊』で、空き巣注意を呼び掛けるチラシを作って、配布しまひょ。作ってポストに放り込むだけやなし、年寄りしかおらん家には、ちゃんと口で説明しなあきまへんで」

「えぇ～、子供と違うんやから、チラシだけで十分とちゃう？」

自分から言い出したくせに、ママは面倒臭そうに渋面を作った。

「念には念を入れてや。あれだけ注意して回っても、ちゃんと戸締りせえへんお宅が未だにありますのや」

早速、ポケットから鉛筆を取り出した辰巳は、チラシの体裁をデザインし始めた。

「もう、大番頭はんは……。いっぺん言い出したら聞かへんねんから」

十喜子と顔を見合わせ、肩をすくめたママが「ひまわり」へと足を向けたので、明日の会議の時間を確認し合い、十喜子も向かいの八百屋へと足を進めた。

「毎度」

八百屋の店主が期待に満ちた目をしている。

「ピーマンと玉ねぎ、貰おかしら」

「へい。ピーマンと玉ねぎ。三百万円におまけしときまっさ」

笑いながら、十喜子は三百円玉を手渡す。新聞紙で包んだだけの野菜をトートバッグに入れてもらい、十喜子は歩き出した。

今日も商店街はにぎわっている。

茶葉を売る店では店主が試飲を勧め、鶏肉屋の店先では手羽の照り焼きを求める人が品定めをしている。

その喧騒に逆らうように、十喜子の気分は沈んで行った。

(あれだけ注意して回っても、ちゃんと戸締りせえへんお宅が未だにありますのや)

きちんと施錠しないタヅ子のおかげで、見つけ出した佑人をすぐに連れ出す事ができた。

だが、それは拭い難い罪悪感となって十喜子の胸にしこりを残していた。

子供を心配するあまり、夜中に訪ねてきた香織にほだされ、あのような大胆な行動を取ってしまったが、本当ならやって良い事ではなかった。

案の定、タヅ子は翌日になって「まー君がいない」と騒ぎ出したが、周囲の住民達は気の毒そうな目をタヅ子に向けるだけだった。

(お母ちゃん。まー君はとっくの昔に亡くなったんやで)

皆、そう言いたいのを飲み込み、「心配せんでも、そのうち帰ってくるわ」とタヅ子を慰めた。

佑人がいなくなった後、暫く塞ぎ込んでいたタヅ子だったが、ある日突然、以前の習慣を取り戻した。朝から「ひまわり」で粘り、追い出されたら十喜子の店に現れる。そのタイミングで、「ひまわり」のランチタイムの混み具合が分かるのも、以前と変わらない。

タヅ子は床几に座って、十喜子とひとくさり喋り、気が済んだところで帰って行く。佑人を家の中に住まわせていたのも忘れてしまったのか、今では「まー君が」と言わなくなった。だが、シルバーカーを押すタヅ子の後ろ姿が、以前にも増して小さくなった気がする。

どういう経緯で佑人がタヅ子の家に居付く事になったのか、詳細は分からない。

ただ、タヅ子には誘拐したつもりはなく、一番可愛かった頃の姿で息子が戻ってきたと思い込んでいるだけなのだ。筋の通らない話だし、仮に話し合おうとしても会話は嚙み合わず、そうなったら香織は間違いなく警察を呼んだはずだ。

だから、事情をよく知る十喜子が、秘密裏に解決する方法を選んだ。

——もう、考えない。

十喜子は頭を振った。

もう済んだ事だ。悩んだところで、答えが出ない問題を何度もこねくり回すようなものだし、あれが一番良い方法だったのだ。

考え事をしながらぶらぶらと歩いているうちに、Y字に分かれる三叉路が見えてきた。

右に向かえば、十喜子の自宅だ。

前から加茂さんが歩いてくる。

だが、すぐに様子がおかしいのに気付く。加茂さんは歩いているのではない。道の真ん中に立ち尽くし、眉根を寄せてあらぬ方向に視線を彷徨わせていた。

「どないしはったんですか?」

慌てて駆け寄る。

加茂さんの顔は青白く、そこに一筋の汗が伝う。唇が何か言いたげに戦慄く。彼女は以前、「胸が苦しい」と言って、助けを求めに来た事があった。その時の事を思い出し、十喜子は動悸が激しくなる。

「幸代さんは、まだ仕事?」

同居している娘の姿を探して、開けっ放しの玄関の向こうを覗こうとした時、加茂さんが何か呟いた。

「……された」

「え、何ですか? もっかい言うて」

「詐欺や。騙されたんや」

そう言うなり、加茂さんは脱力したように肩から力を抜いた。弛緩した顔は、何故か笑っているように見えた。

三

その翌日――。

「今回は防犯強化月間といきまひょか」

不定期で開催される「見守り隊」会議の、本日の議題を辰巳が読み上げる。

「小説のタイトル風に言うたら、『住吉鳥居前住宅街足場詐欺事件』でっしゃろか」

「大番頭はん。それやと、工務店か足場屋が詐欺を働いたみたいやないの」

銀のトレイを手に、ママが近づいてきた。今日はハムサンドと紅茶だ。

「ほな、やめとこか。お十喜さん、何ぞええ案はないか」

意見を求められ「寸借詐欺事件でええんとちゃう？」と答える。

辰巳は腕組みをした。

「せやなぁ。どうせ、その場その場でやり口を変えてるんやろ。旅行者の振りをして財布を落としたとか、電車賃があらへんとか上手い事ゆうて……」

事の発端は、十喜子の隣人・加茂さんが金を騙し取られた事件だった。

足場を組んだ翌日、作業員風の恰好をした男が『そこまで瓦を運んできたのだが、ガス欠を起こした。ガソリン代を立て替えて欲しい』と言い、一万円を騙し取ったらしい。

「すぐにガソリンを入れて、瓦を運んでくる」と言って立ち去ったものの、一向に男は戻ってこず、不安になった加茂さんが工務店に電話した。そこで「瓦職人とは日程の交渉中で、先にお宅に行く事はない」と言われ、騙された事に気付いた。

「ガソリン代、一万円もせえへんわよね？」とママが薄笑いをした。

「車を運転せえへん人やったら、ガソリン代の相場とか分からへんかぁ……」

「加茂さんが一人の時にやられたんやなぁ。娘さんも昼間は働いてるし。相手から名刺をもろうて素性を確認するなり、ご近所に声かけるなり、何とかでけへんかったんやろか」

「せやけど、騙される時てそんなもんですよ」

「一万円というのが、また絶妙やな。その程度の額やったらと、ついつい思ってしまうさかいな」

「弱味に付け込まれたんやろね。加茂さん、ずっと屋根の事を気にかけてはって、足場を組んでからも暫く待たされるって聞いてて、苛々してはったんでしょ。やっと来てくれた、直してもらえるって飛びついたんやない？『お父さんがおったら、足場なんか組まんでも、梯子かけてすぐに直してくれた』て言うてたぐらいやから」

「昔の人は、簡単な修理やったら自分で屋根に登って、ちゃちゃっとやりまっさかいな。さすがに、ワタイも今はようやりまへんけど……」

ママは真っ赤に塗った爪で、チラシを取り上げた。

「とりあえずは顔を見られてるから、この詐欺師はもうけえへんのとちゃう？」

「せやけど、今度は仲間を連れてきて、空き巣に入るかもしれまへんで。ちょうどええ塩梅に、足場が組まれてるんやさかい。それに、詐欺に遭う人は何べんも騙される傾向があるんです。カモリストがあるの、ご存知でっしゃろ？」

辰巳の言葉に、首筋がひやりとした。

「悪い人らの間に、ネットワークがあるんです。あそこはお年寄りの一人暮らしやとか、戸締りが緩いとか、自分が騙した相手、泥棒に入った家の情報が流れとるんですわ。せやさかい、お十喜さん。お隣も気ぃつけてあげてや」

ママが頬杖をつき、そのついでに首の後ろを揉み始めた。

「ほんまは、加茂さん自身が皆に喋ってくれるとええんやけどねぇ。警察とか第三者が言うより、実際に被害に遭うた人が言うと効果あるんよ」

辰巳が頷いている。

「傷口に塩を塗るだけのような気もするけど……。ちょっと、お十喜さん、頼んでみてや。加茂さんに」

困った事になったと思った。

「はぁ、一応は言うてみますけど……」

その時、スマホに着信があった。ぎくりとしたが、何食わぬ顔で「ちょっと失礼します」と中座した。

四

「ご挨拶が遅れて、申し訳ありません」

電話があった翌日、香織が自宅を訪ねてきた。

「忙しさに紛れて、気が付いたら……。すっかりご無沙汰してしまって……」

初めて会った時は毛先をカールし、肩先に下ろしていた髪を、今日はアップにしていた。淡いピンクのサマーセーターが、光沢のあるライトグレーのパンツスーツに華やぎを添えている。

「私が作ったもので失礼ですが、これ、皆さんで召し上がって下さい」

白い箱には、綺麗にラッピングされたロールケーキが二本、きちんと並んで収められていた。卵黄を多めに使っているようで、色が濃い。

「手間はかかりますが、スポンジケーキがしっとりして美味しいんですよね」

十喜子の指摘に頷きながら、香織は別の包みを取り出した。こちらは一人分に切り分けられ、ビニールで包装されている。

「あ、これ。有名な『北浜(きたはま)ロール』やないですか」

元々、大阪市北浜駅近くの喫茶店で出されていたのが話題になり、今ではデパ地下で全国に売り出され、最近ではコンビニにも進出しているスイーツだ。

「喫茶店で働いている時に、このロールケーキのレシピを考えました」

「え、喫茶店で働いてはったん?」

「はい。アルバイトですけど……。今日、お持ちしたのは当時のレシピで作ったものです。デパートで売り出す際には、消費期限の問題でレシピを変えざるを得なかったんですが、こちらの方が美味しいんですよ」

　十喜子はごくりと唾を呑み込んだ。

「こないだ新聞で見たんやけど、香織さんは料理研究家なんよね？」

「一応……。今は肩書だけで、開店休業中のようなものです。結婚した時、中断してしまって……。佑人も大きくなったので、そろそろ仕事を再開させたくて、家に出入りしているデパートの外商員に話したところ、催しのお話を頂いて……」

「ちょ、ちょ、ちょ。ちょっと一緒に来て！」

　香織を外に連れ出すと、そのまま商店街へと向かった。

「ここで……お店をですか？　私が？」

「そう。ずっと店子が入らへんから、辰巳さんがお困りで……。あ、辰巳さんと言うのは、あの法被を着た人で……」

　香織は呆気に取られたように、「純喫茶ジェイジェイ」が入っていた店舗を眺めている。

「オープンしたのが、私が中学生の頃やから、厨房設備や空調は取り替えんとあかんかもしれへん。せやけど、水道やガス、電気は引いてあるし、喫茶店で働いてた事があって、自分でメニューを考えられる人やったら、悪い場所やないと思う」

　店内には長いカウンターと、テーブルが二つほどあったのを、かすかに覚えている。ガラス窓がショーウインドーを兼ねていて、食品サンプルが置けるように棚が設けられていたが、今は内側からカーテン状に布がかけられていて、中を見る事ができない。

どうするかと見ていたら、香織は商店街の中を粉浜駅方面へと歩いて行き、戻って来ると、今度は逆に住吉大社駅の方へと向かった。そして、最後に再び「ジェイジェイ」の前に立った。

「商店街の中には、ケーキを売る店がないんですね」

「そんな洒落た食べ物よりは、夕飯のおかずを買いに来る。そういう性質の商店街です」

歩いているのも十喜子と同年代の主婦か、もっと上の層が多い。

「競合店がないのは強みになりますが、逆に言うと需要がないという事でもあるんです。見たところ、パン屋もないですね。野菜や肉、魚を売る店の他は、天ぷらやお惣菜といった加工食品、お好み焼きやコロッケ、ご近所の方達の台所のような商店街です。対象にしている年齢層も高い」

「商店街の近くに、若い女性がやってるカフェが二軒あります。一軒はうちの並びにあって、夜は子供食堂になるんですが、昼間は簡単なランチとスイーツを出します。香織さんも何べんか前を通ってると思うんやけど……。古い家を改装してるので、外からはお店やと分かりづらいかもしれません」

「キッチン住吉」の名を出すと、香織はスマホで検索を始めた。

「そのお店では、テイクアウトはやってないんですね。……分かりました。もう一軒の店に案内して下さい」

商店街の中ほどで住吉大社側へ折れると、角に洋食屋の看板が見えてくる。

「そこです」

洋食屋がある筋を曲がって三軒目に二階建ての小さな古い家があり、その一階がカフェに改装されていた。

オリーブの鉢が置かれた店先は大きく窓が取られていたから、ショーケースに置かれた商品を見る事ができる。

「一応、中でも食べる事ができるんですけど、席の数が少ないから、テイクアウトと半々やと思います」

案の定、今日も満席になっている。

「置いてるのはアメリカンスイーツが中心ですね」

窓に顔をくっつけんばかりにして、香織はショーケースの中身を吟味している。

「ホームメイドと言えばいいんでしょうか。カップケーキやチーズケーキ、ブラウニーのような、素朴で甘いケーキの事です。世界規模でチェーン展開しているカフェに置かれてるようなスイーツです。水分を完全に飛ばしているので、日持ちがするんです」

ケーキやスイーツには詳しくないが、それが香織が得意とするロールケーキとは性格が異なるのは分かった。

「商店街で『北浜ロール』みたいなお菓子を売りつつ、日持ちのするケーキもお出しするのん、どうやろ？　確かに買物客はお年寄りが多いけど、進物用にできるし。あ、この辺で働いてる若い人は、喜ぶわよ。ここのお店も、歯医者にお勤めの歯科衛生士が、職場のおやつ用にケーキをホール買いしてるのを見た事あります」

香織は辺りに目を彷徨わせた。

「こういう住宅街にある店舗は、場所の魅力を打ち出せます。周りの風景に溶け込みつつ、埋もれないように。逆に言えば、店主のイメージ通りの場所を探す事ができるんです。でも、商店街は他のお店との兼ね合いを考える必要があります」

「ジェイジェイ」の隣は豆腐屋で、その反対側では婦人服を売っている。向かいには昆布屋と花屋が並んでいて、その雑多さの中で売って行かなければならないのだ。あの商店街は、香織が思い描く店のイメージからほど遠いのかもしれない。

「ごめんなさいね。いきなり、商店街まで引っ張り出して。この事は、もう忘れて下さい」

何となく盛り下がった気分のまま、二人で駅の方へと足を向ける。

「あの……」

香織が遠慮がちに声を発した。

「以前、息子さんが出て行ったきりだと仰（おつしや）ってましたよね？　住民票で居場所を確認する事はできないんですか？」

「それが何か？」

ピンクベージュの口紅を塗った唇を、香織は引き結んだ。

「……そんなもん、とっくの昔に調べました。でも、会う事はでけへんかった。そのうち成人してしもて……。そうなったら、親でも子供の住所を調べる事は難しなるんです。それでも探す方法はあるんですけど、何かもうどうでもようなって……。そら、ここに住民票を置いたまま失踪したんやったら心配しますよ。殺されでもしてるんちゃうかって。けど、親に簡単に見つからんように、本籍地まで変えてしもうたんです。きっと息子の傍には知恵を授ける人がおって、手続きも自分でやってるんやから、元気な証拠でしょ？」

差し出がましい事を言ったと思ったのか、香織はもう何も言わなかった。

五

香織と別れた後、辰巳とママにロールケーキを差し入れる。案の定、「出店する気があるかどうか聞いてみたか？」と言われたが、言葉を濁しておいた。

「息子の行方など、もうどうでもいい」と答えた時の、香織の悲し気な表情を思い出す。遡って、謙太のがっかりした顔も。

自分でも強がっていると分かっていた。

その証拠に、未だに固定電話を解約できずにいる。

知り合いは漏れなくスマホに電話をかけてくるし、業者とのやり取りもメールが中心だ。固定電話にかけてくる相手と言えば、何かのセールスか勧誘ぐらいなのに、颯が電話をかけてくるかもしれない。それだけの為に固定電話を使い続けているのだから、他人からは愚かに見えるだろう。

夜通し明かりをつけておくのも相談者の為というよりは、ふいに颯が帰ってきた時に、気兼ねなく家に入れるようにという、十喜子なりの配慮だった。

自宅の手前、三叉路の別れ道に立つ。

ここに立つ度に、どちらに踏み出すかで、自分の人生が大きく変わるんじゃないかと考える。

馬鹿馬鹿しい。

十喜子の自宅は右の道路の先にある。左へ歩むという選択はない。ないはずなのに、案外、そうした些細(ささい)な選択で人生が決まってゆくような気もするから不思議だ。

──今日は左の道に入って、向こう側から戻って家に入ったろかしら。

ぐずぐずと考えていると、ちょうど十喜子の自宅の前あたりで車が二台徐行運転しているのが見えた。足場が邪魔になって、すれ違いにてこずっているようだ。ようやく、二台の車が立ち去った後、十喜子はほうっと息を吐いていた。

加茂さんの話によると、工事はまだ先という話だから、ここを通る車は、暫く不便を強いられる。

空き巣の心配もだが、やんちゃな子供が梯子を登ろうとして、怪我する恐れもあった。

やはり、あの梯子は要注意だ。

だが、自分の家に立てられたものではないから、迂闊に撤去してくれとも言えない。どうしたものかと考えていると、ふいに西日が足場のパイプに反射し、鋭い光が十喜子の目を射た。眩しさに思わず目を逸らす。

額に手をかざし、ゆっくりと向き直る。

その時、足場の間に人影が見えた。ぎくりとした。加茂さんではない。娘の幸代だった。箒を使って掃除しているところだ。

幸代は年齢は十喜子より少し下で、小柄な母親に対して背が高かった。塾講師として英語を教えている彼女は、長い髪を後ろで一つに結び、金縁の眼鏡をかけていた。インテリ風な外見に加え、にこりとも笑わないのが、十喜子は苦手でもあった。

「今日は早いねぇ」

日があるうちに幸代を見かけるのは珍しい。

「今、家がこんなですし」

見ると、足場に取り付けられてあった梯子の下部に、シートが何重にも巻かれていた。

「不用心なので」

　十喜子の視線に気付いた幸代が、先回りして答えた。

「助かります。通学中の子供らが登ったりしたら危ないし」

　目隠しされたおかげで、それが梯子だとは気付かれずに済む。

「本当は外して欲しかったんです。でも、仕事が立て込んでて人がいないので、外すのは無理だと言われて、こんな風になりました。今日はそれだけの為に仕事を休んだんです。忙しい時に……」

　幸代は集めたゴミをコンビニの袋に入れると、表に置いたゴミ箱に投げ込んだ。

「お母さん、大丈夫？」

「母が何か？」

　能面のような顔が、こちらに向けられた。

　ふと、彼女に勉強を習っている生徒達が気の毒になった。質問した時に、こんな切り口上な対応をされたら萎縮する子もいるのではないかと。

「騙されて、ショックを受けてるんやないかと思って」

「あぁ……」

　そのまま家の中に入ろうとする幸代を、慌てて呼び止める。

「こんな小さな町にまで詐欺師が来るんやから、物騒よね」

辰巳が作った、刷りたてのチラシを差し出す。名前は伏せてあるが、町内で寸借詐欺が出た事が書かれてある。

「これ、近所に配るんですか?」

眼鏡の奥で、忙しなく目がしばたたかれる。

「ご近所の人が、同じような目に遭わないようにと思って……」

幸代の表情が動いた。

その目には、卑しいものを見るような棘が混じっている。

「あなた方は、人の家の恥を言い触らすんですか?」

口調の鋭さに怯みかけたが、踏みとどまる。

「お気持ち分かるわよ。お母さんも自分が騙されたやなんて、触れ回られたくないわよね。でも、この辺りには高齢者だけの世帯もあるし、警察が言うよりも、町内でこういう事件があったと回覧した方が効果があるんよ。それに今回は詐欺やったけど、次は空き巣が来るかも知れへん。できたら、お母さんに皆の前で喋って欲しいんやけど、それは難しいでしょ?」

「母が不注意だっただけです。普通は騙されませんよね?」

会話が噛み合わず、歯痒かった。

十喜子達と同じように空き巣狙いを警戒して、幸代が迅速に立ち回っているのは分かる。

だが、これは加茂さんだけの問題ではない。誰にでも起こり得る事で、だからこそ情報を共有させたかった。

「人をアテにしてるからです」

幸代が吐き捨てるように言った。

「二言目には『お父さんがいたら』。父はもういないと言うと、『昔だったら、近所の大工さんがすぐに直してくれた』。昔は良かった、昔は良かった。それぱっかり……。その近所の大工さんも父の知り合いで、もう亡くなっていたり、高齢で仕事をやめてるんですよ。自分で動こうとせずに、人をアテにしてるから、あんな目に遭うんです。世の中の人は皆、自分に親切で、善意で動いてくれるって思ってるから」

そのきつい物言いに、十喜子は不安を覚えた。

「お母さん、運が悪かったんよ。私も、たまたま留守にしてて……。もしかしたら業者を騙る男が現れた時、うちに助けを求めにきたかもしれへん。騙されてるって分かってても、一人やし、相手が男やから怖なってお金を渡してしもたんかも……。これからは、お嬢さんがおらん間、私も気ぃ付けるから」

「気にしないで下さい。何も岸本さんにまで母の世話を頼もうなんて思ってませんし」

「どうか、お母さんを責めんといてあげてね。悪いのは騙した人で、騙されたお母さんやないんやから」

「だから、分かってます」

幸代の表情に苛立ちが混じるのを見て、我慢のタガが外れた。

「幸代さん。ごちゃごちゃ言われて鬱陶しいかしらんけど、ご近所同士で助け合うのは自然な事なんよ。これからは子供が少なななる時代で、若い人ばっかりアテにしてたらあかん世の中になる。それに、お父さんがお亡くなりになった後も、お母さんがここで一人で暮らしたはったんは、友達や知り合いがようけおったからなんよ」

幸代の表情が強張った。

母親が倒れた時、十喜子や近所の住人が救急車を呼び、幸代が到着するまでの間に骨を折ったのを思い出したのだろう。狼狽えたように俯くと、幸代はそそくさと家の中に入ってしまった。

さぁっと風が吹き、後に残された十喜子のほてった頬を冷やしてくれた。

さらさらという葉ずれの音に顔を巡らせると、向かいの家の塀越しに棕櫚の葉がそよいでいるのが見えた。「十喜子。落ち着いて」と言わんばかりに。

六

午後七時半、ようやく窓の外が陰ってきた。

夏至へと近づきつつあるこの時期は、日が暮れるのも遅い。

たこ焼き器の手入れを終えた十喜子は、壁際に置いた紙製のランプのスイッチを入れた。夕暮れ時の光の変化を楽しめるように、室内には電球色のランプやフロアスタンドが幾つも置かれている。暗くなった場所から順に明かりを灯してゆき、最後は全てのランプが点灯する。

表に吊るした「営業中」の札を、「準備中（但し、相談事のある方は何時でもどうぞ）」と書かれた札にかけかえた後、夕飯の準備を始める。

冷蔵庫から材料を取り出し、カウンターに並べて行く。

ピーマン、ウインナー、玉ねぎを切っている間に、鍋を火にかけておき、沸騰したらパスタを放射状に広げて入れる。

油を引いたフライパンで野菜とウインナーを炒め、あらかじめ作っておいたケチャップと牛乳のソースを絡めて、ひと煮立ちさせる。そこに茹で上がったパスタを入れ、かき混ぜれば完成だ。

水屋を開き、中から白い粉引きの皿を取り出す。艶消しの、ざらざらとした手触りの皿は深さがあり、カレーライスやシチューを入れるのにも便利だ。

「いただきます。……ん、美味しっ！」

ナポリタンは我ながら上出来だった。牛乳で酸味を調節したケチャップの味わいも程よい。だが、いつもなら安らげる時間なのに、今日に限っては色んな思いが泡のように湧き上がっては消えてゆく。

幸代は大学に進学すると同時にここを出て、ずっと他所で暮らしていた。

一方、加茂さんは主婦として夫を支え、今は遺族年金で暮らしている。そんな行動範囲が狭く、古い人間関係が更新されないまま年老いてゆく親が、幸代は理解できないのだろう。

実家に戻ってきたのも、母親が倒れたのがきっかけだったから、もしかしたら「自分の人生を邪魔された」と思っているのかもしれない。

地域の繋がりに頼らなくても、生きて行く術(すべ)を持っている幸代にとっては、むしろ地縁は疎(うと)ましいものなのだ。

「ごめん。まだ御飯やった?」

いきなり、背後で声がして、飛び上がりそうになる。

振り返ると、うつろな表情の加茂さんが立っていた。

考え事をしていたせいで、玄関の引き戸が開いたのに気付かなかったらしい。

「ちょっとだけ待っててね。加茂さん」

食べ終えたばかりの皿を慌てて流しに運び、ざっと温水をかける。指先についた水滴を払いながら戻ると、加茂さんは既に椅子にかけていた。

大きなテーブルの隅に置かれた、相談者が座る為の籐椅子(とういす)だ。

これまでも相談に訪れた人達を包み込み、支えてきた籐椅子に、加茂さんはその小さな体を預けていた。

「ここはいいわねぇ。あぁ、くつろげる」

椅子に座ったまま、ぐるりと視線を巡らせる。

十喜子は湯を沸かし、紅茶を淹れる。「ひまわり」でママに教えてもらった通り、ティーパックを入れたカップにお湯を注ぎ、暫く蓋をして蒸らした。鮮やかな色が映るよう、ガラスのティーカップを選んだ。そして、「タツミ」で買い求めたイタリア製の焼き菓子を小皿に並べる。

「そのままやと固いから、紅茶に浸しながら食べてね」

だが、加茂さんは菓子には手を付けない。

「いつも思うけど、うちと同じような古い家やのに、小綺麗に暮らしたはるわねぇ」

香りの良い紅茶に目を細め、唇をすぼめるようにしてすする。

「それに毎日楽しそうで。ええなぁ……」

「そんな事ないですよ。こう見えて、心細い思いしてるんです。加茂さんは、しっかりしたお嬢さんがおって羨ましいです」

大袈裟に顔をしかめる加茂さん。

「そうぉ？　傍に子供がおったかて、寂しいのは同じよ。傍におるのに寂しいって、情けない話やけど」

「幸代ちゃんに何か言われたんですか？」

「なぁんにも」

投げて寄越すように返された。

「ろくに私の話も聞かんと、工務店に電話したり、足場屋に文句言うたり。仕事まで休んで……。何か、自分が責められてるような気がするんよ。『頼んないから、お母ちゃんには任されへん』って。まだ、面と向かってやいのやいの言われたら、私も言い返せるんやけどねぇ。当てつけやよ。騙された私への」

「用心するに越した事ないし、梯子を登れんように包んでもろたんは良かったんやないですか？」

「……梯子で思い出したわ。自分がその場におったら、こんな不用心な足場を組むのは許さへんかったって、まるで私がぼんやりしてるみたいな言い方で工務店に文句言うてたわ。相手はプロなんやし、素人が口出しするもんやないと思うねん。お任せするのが一番やない」

「今の人は何でもネットで調べて勉強しはるから、業者さんも大変みたいね」

ひとしきり愚痴を吐き出した後、加茂さんは声を潜めた。

「あぁ、十喜子ちゃんはこないやって私の話を聞いてくれるのに、あの子は……。十喜子ちゃんが私の娘やったら良かったのに」

　すっかり冷めた紅茶を、ちびりちびりと飲む加茂さんを見ながら、辰巳からの頼まれ事をどうやって切り出すか考えていた。

「加茂さん。今回の話、町内の皆に言うてあげて欲しいねん」

　何を言われたか分からないように、加茂さんは黙り込んだ。

「せやから、他の人が同じような目に遭わへんように。人に言うのん、嫌かもしれへんけど……」

「何で？　私を騙した人は顔も見られてるんやし、二度と来(け)えへんでしょ？　もう悪い事は起こらへん」

「聞いて、加茂さん。足場を組んであるのを見て、騙そうと考えた人がおるんよ。という事は、空き巣狙いも同じように足場を見て、中に入れるかどうか考えると思うねん」

　怖がらせるのは申し訳なかったが、言わずにはおれなかった。

　心外だとばかりに、加茂さんが目を見開いた。

「十喜子ちゃんまで、うちの子と同じような事を言うんやね。十喜子ちゃんは地域の暮らしを守る為に、辰巳さんらと一緒に動いてるんよね？　私らを守ってくれるんでしょ？　せやのに、何で不安がらせる事ばっかり言うん？　私が守ってあげる。大丈夫。何で、そない言うてくれへんのん？」

加茂さんはすっかり不機嫌になってしまった。

「もう二度と騙されへん。それに、泥棒なんか、これまで一回も入られた事ない」

しくじったと思った時には遅かった。

加茂さんは助言して欲しいのではない。話を聞いて欲しかったのだ。自分が騙されたと知った時にどういう気持ちでいたか、どれだけ心細かったかを。

「ごめん。そうやね。でも、悪い人が戻ってきたらあかんから、皆、心配してるの。他にも同じように騙される人が出たら大変やから……」

「次に来たら分かるわよ。私、顔を見てるもの」

「警察には、犯人の人相とか特徴、言うてあるんやね？」

加茂さんは首を振った。

「警察なんかに言うても無駄。あの人ら、やる気ないねん。ここには防犯カメラもないし、お金を渡した証明もでけへんって……」

「それやったら、警察の代わりに『地域の暮らし見守り隊』で手配書を作る。加茂さんが犯人の特徴を教えてくれたら、辰巳さんが上手に絵にして、近所に配ってくれはるから。お願い、協力して。幾つぐらいの人？　どんな髪型やった？」

「十喜子ちゃん、やめて！」

加茂さんは顔を逸らした。

「何で、こんな思いをせんとあかんのん？　騙された私が悪いん？」

そして、よろよろと立ち上がった。

「……もう、思い出したないねん。嫌な事は、はよ忘れたい」

「お力になれなくて、すみませんでした。もし、気が変わったら、犯人の特徴を教えてね」

猫背で歩く加茂さんに寄り添うように、十喜子もゆっくり歩き、玄関を出て家まで送って行く。

「若い男の子が、何で私らみたいな年寄りにお金を無心するんやろ……。それも、あんな騙し討ちみたいなやり方で」

独り言を呟くように最後はぶつぶつと言い出し、加茂さんは自分の家の玄関に手をかけた。

「そう。相手は若い男やったん。それは、怖かったね」

ふいに、加茂さんが、動きを止める。

「颯くんも、あれぐらいの年になってるやろなぁ」

そう言って、十喜子の顔を振り仰いだ。

「十喜子ちゃんこそ、オレオレ詐欺に気ぃつけや」

「……」

「電話で息子を騙って、お金を送って欲しいって頼まれる。お金を送ってもらわれへんかったら、殺されるって言われたら。その時、十喜子ちゃんは絶対にお金を渡さへん自信ある？」

返事ができずにいると、ぴしゃりという音と共に引き戸が閉まった。

七

「聞いたで。隣のばぁさん、詐欺に遭(お)うたんやって？」

配達に来た謙太は、興味津々といった様子だ。

「しっ、声が大きい」

謙太は原チャリに跨(また)がったままで、エンジンをふかしながら十喜子から話を聞こうと強請(ねだ)る。

「さっさと忘れた方がええで。相手はクズや。懐が寂しなったら、最初は適当な嘘ついて人から金を借りるんや。当然、ちゃんと返されへんから、そのうち誰も貸してくれんようになる。挙句に今度は他人相手に寸借詐欺を始めるんや。警察も相手にせんような小悪党や」

十喜子も謙太の言う通りだと思った。

年寄り相手に少額欲しさに猿芝居をする人間なのだから、大それた事は考えていないだろう。

「ええ事、教えたろか。ほんまの悪党やったら、足場材を積んだトラックを丸ごとパクるんや。その方が大儲けできるやろ」

足場材を売れば、それだけで数百万の儲けになるし、トラックそのものも売り払えば百万単位でお金が入ってくると言う。

「職人は路駐して作業するやろ。いちいち面倒やから、鍵を差しっぱなしにするねん。俺の連れが小さい足場屋に勤めてたんやけど、窃盗団にごっそり持っていかれて、一瞬で会社が潰(つぶ)れたらしい」

「そうか。そういう犯罪があるんか。それやったら、私が考えてる人間は犯人とは違うかもな」

「ちょっと、待て」

謙太が慌ててエンジンを切った。

「おばはん。心当たりあるんか？」

「心当たりというか……。私は足場屋におった若い男が怪しいと見てるねん」

あの日、職人の中にちょうど颯ぐらいの年齢の男がいた。もし、あの男がヘルメットを脱ぎ、着替えて再訪したとしても、加茂さんは気付かないだろう。

「何を根拠に言うねん」

「犯人は加茂さんに『瓦を運んできた』って言うたんよ。はっきりと『瓦』って……。それで、加茂さんもころっと騙された。そうやなかったら疑うたでしょ?」

　謙太は屋根を見上げた。

「実はな、屋根を覆ってたブルーシートは早い事外してるねん。せやから、『ひまわり』のママなんかは加茂さんとこが外壁を直すんやと勘違いしたはる。足場を組んでるのだけ見て、すぐに瓦を思いつくという事は、事情を知ってる人間や」

「それ、偏見やろ。俺の知り合いに鳶職人が何人かおるけど、皆、疑われんように気ぃつけてる。親方からは絶対に施主の家に上がったり、トイレを借りたりしたらあかんて言われて……。あ、そろそろ行かんと……」

　謙太の尻ポケットで、スマホが振動していた。原チャリのエンジンをかけると、謙太は空ぶかしをした後、勢い良く走り去って行った。

——私は間違ってるんやろか。

　家に居ても落ち着かず、客も来ないので「キッチン住吉」を訪ねた。

　ランチタイムを終え、夜の仕込みが始まっていた。佳代は作業台の上に笊とボウルを並べ、豆の莢を剝いているところだった。ボウルには翡翠色の豆が半分ほど入っている。

　碓井豌豆だ。

「今日のメニューは豆御飯やね、手伝おか?」

大阪特産の碓井豌豆は、春から初夏にかけてが旬となる。この豆と酒、塩だけで炊いた御飯を、大阪では「豆御飯」と呼び、昔から親しまれている。

「おかずは何？」

「鯖の煮つけと水菜の煮びたしです」

「子供より、浦田さんが喜びそうなメニューやね」

「子供達には鯖の竜田揚げを用意します」

作業の手を止めずに、佳代が言う。

今日は編み込んだ髪をシニヨンにしており、チャイナドレス風に飾りボタンが首元から斜めに並んだブラウスを着ている。

木の丸椅子を運んできて、佳代の向かいに座る。

豆は山のように積まれていて、今夜、使わない分はさっと茹でた後で冷凍保存するつもりなのだろう。その為の鍋と密封容器が既に用意されている。

古びた柱時計と、豆の莢を外す音の他は、時折、表を通る車の排気音がするだけだった。

「うーん。でも、プロじゃなくても屋根瓦の修理だって分かるんじゃないでしょうか。たとえば、事前に何処か高い建物から見下ろすとかしてたら……」

「そうやねぇ……。ただ、通りすがりの人やったら、加茂さんが昼間は一人で留守番してるとか、隣のたこ焼き屋はしょっちゅう店を空けてふらふらしてるとか、そういう事は分からへんわよね」

「だったら、あらかじめ下見をしていたんじゃないでしょうか」

足場が組まれていた日の行動を、丹念に思い起こす。

加茂さんは家の中で電話が鳴った時、すぐに駆け込んで行った。そこで家人が不在という事が、まず分かる。

その後、十喜子は店を閉め、校区のパトロールに出かけた。パトロールついでに、住吉大社の「卯の花苑」に寄り道をし、商店街で買物をしていたから、一時間は留守にしていた。

詐欺に遭ったのは、その間の事。

ここの住人達の暮らしは静かだ。在宅していても茶の間でテレビを見ているか、昼寝をしているか。平和な町だから、外の気配に耳をそばだてるような習慣もない。

「よう考えたら、そんな手の込んだ事をしても一万円しか騙し取られへんのやから、割りに合わへんわよねぇ」

トラックごと足場材を盗めば、何百万単位でお金が入るのだ。だが、佳代は肩をすくめた。

「十喜子さん。一万円だって大金ですよ。たとえば時給千円のアルバイトで、それだけのお金を手に入れようと思ったら十時間分、丸一日働いても貰えません」

「でも、捕まるかもしれへんのよ」

「証拠がなければ、警察が動かないのを知ってるんでしょう。それに、やっぱり自分が騙されたなんて認めたくないし、ましてや他人に知られたくないじゃないですか。そういう被害者の心理をよく知っていて、騒いだり警察に通報しないって高をくくってるんだと思います」

「褒められた事やないけど、賢いと言えば賢いな」

だが、それは人として大事なものから目を背け、何かを誤魔化しながら生きている人間のする事だと思った。

佳代は立ち上がって、鍋を火にかけた。湯が沸く間に、豆に塩をまぶし、軽く混ぜ合わせている。

「あのね、佳代ちゃん。話は変わるんやけど、うちの息子を見たっていう人が現れてん」

ガス台の前に立った佳代が振り返る。

「謙太が連れて来た人が言うてるんやけど、それも頼んない話やねん。謙太とその人は遠い繋がりで、偶然が重なって颯の話になったらしいわ」

佳代は口を噤んだまま、こちらを凝視している。

「これ、誰にも言うてへん事やねんけど、最近、無言電話がかかってくるんよ。……向こうが喋るまで黙ってるんやけど、結局、相手は一言も喋らんまま切れるねん。どう思う?」

「十喜子さん……」

だから、謙太が連れて来たあの男が「颯を見た」と言った時、十喜子は恐怖を覚えた。

十年前に家を出たきりの息子が帰ってくる。

そう考えた時に込み上げてきたのは嬉しさではなかった。もっと別の、説明しがたい激しい感情だった。

「どないしよ……。私、怖いねん……」

「そんな、十喜子さん。……怖いだなんて言ってないで、勇気を出して声をかけてみられては如何ですか？ 息子さんが帰ってきたくて電話してきてるのかもし……」

ついと佳代の視線が何かを捉えた。

「あ、警察の人ですよ」

佳代の声に誘われるように十喜子は顔を上げた。駅の方から、一人の警察官が十喜子の家がある方向へと歩いて行く。

「良かったですね。加茂さんの事があったから、パトロールを強化してくれてるんですよ。きっと……」

「佳代ちゃん」

十喜子の声は上ずっていた。

「電話貸してくれる？ スマホを家に忘れてきて……」

そして、電話をした後、佳代に戸締りしておくように言いつけ、外に出る。警察官の姿は既に通りになかったが、十喜子は迷わず加茂さんの家を覗いた。

思った通り、警察官はそこに居て、加茂さんが出した麦茶を飲んでいる。

「ご苦労様です」

十喜子が挨拶するのを、警察官は無言で見ている。そして、急に何か用事を思い出したように立ち上がると、「じゃ、私はこれで」と立ち去ろうとした。

「巡査さん、いつもの人と違うね」

付近の交番にいる巡査の顔は全て知っている。

「新しく配属されまして」

「へぇ。こんな中途半端な時期に？」

「まぁ、色々ありまして。警察も」

「今日は何の用事で加茂さんとこにお越しになったんですか？」

警察官の頬が強張り、鋭い目つきで睨みつけてきた。

「女やと思って、舐めん方がええわよ」

「な、何やとぉ！」

凄む男から庇うように、十喜子は加茂さんを後ろに下がらせた。

「警察官が善良な市民に暴力を振るうんですか？　大変な事件になりますよ」

十喜子は左右を見回し、武器になりそうなものを探した。そして、箒を手に取り、構えた。

相手が怯んだのが分かった。

「あんたやね。こないだ加茂さんからガソリン代とか嘘ついて、お金をくすねていったのは。どう？　加茂さん」

「……この男やったような気がする……」

柱の陰から顔をのぞかせた加茂さんは、いつでも一一〇番できるように電話の子機を手にしている。

「諦めたら？　もう逃げられへんわよ」

「じゃかわしわぁ、このおばはん！」

腕を振り回しながら男が飛び掛かってきたから、十喜子は胸元に狙いを定めて突きを放つ。大して威力はないが、反撃されて相手が狼狽えたのが分かった。

後退した男に向かって、今度は箒を大きく振りかぶる。打ち下ろした箒の柄が、頭を庇った男の腕を捉えた。固い筋肉の感触が伝わり、手が痺れたが、構わず何度も振り下ろす。

男は頭を庇いながら蹲る。

と、その時。

「お十喜さん、その辺にしときなはれ」

商店街の若い衆を連れた辰巳と、「タツミ」の法被を着た男達が玄関口に立っていた。

「遅なってすんまへん。あとはワタイらに任せとくなはれ」

八

「ごめん！　せやから、ごめんって！」

謙太が頭の上で両手を合わせ、許しを請うた。

「これに懲りたら、素性の知れん人間を相手にしいなや」

「はい！　はい！　すみません！」

「それぐらいで許したげなはれ」

土下座せんばかりの謙太に同情したのか、辰巳が取りなす。

「せやかて、この子のせいで加茂さんは危うく二回も騙されるとこやったんよ」

加茂さんに寸借詐欺を働いたのは、謙太が連れてきた、あの男だった。

二回目は警察官の恰好をして現れ「先日、お金をとった犯人が捕まった」と、何食わぬ顔で言ってきたのだった。その際に、盗まれた金を返金したいが、手続き上、振り込む必要があると嘘を述べた上に、キャッシュカードを奪い、暗証番号を聞き出そうとした。

偽の警官だと気付いた時点で辰巳に電話で知らせ、十喜子は加茂さんの自宅に駆け付けた。そして、時間稼ぎをしている間に到着した商店街の若い衆に、男は取り押さえられた。

「アホやなぁ。簡単にお金を騙し取って味をしめたんかしらんけど、一回だけにしといたら良かったのに、欲張るさかい……」

辰巳が「うひひ」とおかしな声を出して笑った。

「最初は私を騙すつもりで来たんでしょ。ちょっと前から、気持ち悪い無言電話が続いててん。もしかしたら、オレオレ詐欺で私を騙そうと思て、下見に来たんかもしれへん」

謙太から情報を手に入れた男は、颯を騙って電話をかけるつもりだったのかもしれない。

「それが来てみたら、表にはデカデカと警察のポスターを貼ってある。せやから、お隣の加茂さんに標的を変更したんやろ。それにしても、やり方がアホ過ぎるというか、いくら加茂さんがご高齢でも、キャッシュカードと暗証番号を寄越せと言われたら、おかしいと思うわよ」

「とにかく、今回はお十喜さんのお手柄でんな。まだ余罪がありそうやという事で、あの男、警察でこってりと絞られてるらしいわ」

辰巳はご機嫌だ。

「みんな、ご苦労様です。今日は、私のおごりです。存分にたこ焼きを味わって下さーい」

十喜子の家に集まった人達は、口々に「ビールはないんか?」とか、勝手な事を口走る。

「ビールは冷蔵庫に冷えてます。今日は特別にチーズ焼きを作ります。チーズ焼きがええ人、手ぇ上げて……」

人数を数え、材料を切って行く。

小指の先ほどのウインナーをさらに半分に切り、カッターナイフで切り目を入れ、蛸の形になるように細工する。

ホットプレートでチーズ焼きを作って見せると、皆が歓声を上げた。

「あちちっ！　うまっ！」

「こら、ええ。焼きながら食べられるから、チーズフォンデュみたいや」

男達が一斉に群がったので、チーズ焼きはあっという間になくなった。

「お十喜さん！　今度はマヨネーズ入れて」

「俺は納豆入り！」

「あーかん。中に入れる具材は私が決める」

その時、背後で電話が鳴った。

八回コールするのを待って、ファックスに切り替わらないのを確認した後、十喜子は受話器を取った。

「はい、もしもし」

相手は無言だ。

鼓動が高鳴る。

十喜子は送話口を手で囲み、試しに聞いた。

「颯か？」

電話は切れない。相手の呼吸する音がふいに大きくなる。

「……うん。俺や……」

耳に吹き込まれた声に、ズキンと胸が痛んだ。

「今まで何処で、どないしとったんや？」

「……色々と」

「そうか」

「俺、金がいるねん……」

相手は悲愴な声を出した。

「ふうん。そら大変やな」

受話器の向こうで、ほっとため息をつくような声がした。

「で……、ちょっと、相談が……」

「あんた、オレオレ詐欺やろ？　今度かけてきたら警察に通報するで」

十喜子はがちゃんと受話器を置いた。

電話を切った後になって、急に冷たい汗が噴き出してきた。立ち眩みに耐えるように、壁に背中をもたせかけて立ち尽くす。

「どないしましたんや？」

辰巳が心配そうな顔で聞いてきた。

「間違い電話でした」

無理矢理笑ってみせると、喧騒へと戻る。

賑（にぎ）やかな声にわっと取り囲まれ、その熱気で冷えた心がじんわりと溶かされる。

十喜子は冷蔵庫を開いてプロセスチーズを取り出した。次々と銀紙を剝いては、賽（さい）の目に切って行く。

――何を今さら。何を今さら……。

包丁を持つ手に力が籠（こ）もり、俎板にぶつかる音が荒々しく響く。全てのチーズを切り終え、ふうっとため息をつく。そして、俎板の上に積み上げられたチーズの山をボウルに移す。

「さぁ、どんどん焼こ！　次は中にチーズを入れたダブルチーズ」

男達の歓声に包まれながら、十喜子は胸に湧き上がった怒りを握り潰した。

おかんの焼きうどん

一

朝から雨が降っていた。

湿気を含んだ空気が漂う家の中に、出汁の匂いがふわふわと広がってゆく。

先に茹でたうどんは、お碗の中で湯気を立てている。白く、滑らかな肌はもちもちと、いかにも柔らかそうに見える。最近はこしのある麺が流行りなのか、関西風の柔らかいうどんを頼りないという人が増えた。

だが、大阪の食は突き詰めれば出汁の文化だ。麺のこしや具材よりも、出汁で味わうのが基本だ。

出汁をいれた鍋を火にかけ、ふつふつと沸いてきたら、油揚げと葱を入れて一煮立ちさせる。あとは鍋からお碗に出汁を流し込めば出来上がりだ。

関西のうどんの出汁は薄味とは言え、中身は薄くない。道頓堀の名店「今井」は上品な出汁が特徴だが、北海道産の天然昆布と九州の鯖とうるめ節を使用し、こくと旨みをしっかりと利かせている。

ただし、同じ材料を使えば同じ味が出せるというものでもないから、袋詰めにされた安いうどん出汁をスーパーで買ってくる。それでも十分に美味しいのだから有難い。

仕上げに、出汁と一緒に煮た油揚げと葱を箸で体裁良く整える。手で持てないほどに熱く、美味しそうな湯気を立てている碗をお盆ごとテーブルに運ぶ。

一人で使うには大きなテーブルは、三度の食事の他に、書き物や帳簿付けも行う万能机だ。醤油差し(しょうゆさし)とペン立て、文房具や印鑑が入った収納ケースにパソコンまでが一緒くたに置かれ、混沌(こんとん)としている。

「いただきます」

椅子(いす)に座り、手を合わせる。

物音ひとつしない家の中で、うどんをすする音だけが響いた。

居住空間はほとんどが二階に移され、一階は半分がた土間に改築してある。夫はイートインの店にするか、或い(ある)は工房かアトリエにするつもりのようだったが、結局は新たに何かを始める事はないまま逝った。意味不明の空間は、今ではテーブルと椅子を置いて、十喜子が食事をとったり、休憩したり、人が来た時に応対したり、つまり何でもありの場所となっている。

「ごちそうさま」

外はしとしとと雨が降っていた。

今日は休業日。

七月というのに、まだ梅雨(つゆ)は明けず、出かける予定があるのに、つい億劫(おっくう)になる。

鍋やお碗を洗い、着替えて雨が弱まるのを待っていると、スマホが鳴った。

『十喜子ちゃん。ちょっと今、ええ？』

「ひまわり」のママだった。珍しい事だと考えていたら、思わぬ事を言い出した。

『なぁ、チーズ焼き、私も食べたいんやけど』

「いきなり、どないしはったん？」

『とぼけんといてえやぁ。大番頭はんから自慢げに聞かされて、私もう、食べとうて……』

「あぁ、もう。辰巳さんが喋ったんかいな。店で出されへんから、喋ったらあかんて釘刺しといたのに」

　詐欺師の捕り物に一役買った辰巳と、商店街の青年団にたこ焼きを振る舞ったのだが、その際に店では出さないチーズ焼きを出したのが評判になっているらしい。

　人の口に戸は立てられぬとはこの事。

『謙太に聞いたら、例の詐欺師にまで食べさせたらしいね。何で詐欺師が食べられて、私が食べられへんのんな。自分らだけ美味しいもん食べてから』

　その時は相手が詐欺師だとは知らなかったのだから、言われてもどうしようもない。だが、ママの声は恨めしそうだ。

「ママの家、たこ焼き器はある？」

『最近、とんと見てへんなぁ。探したら、押入れの奥で埃を被ってるんが見つかるかもしれへん』

　大阪では一家に一台はあると言われているたこ焼き器だが、たこ焼きが気軽に近所で買えるのもあって、使われていない事も多い。

「ほんなら、スーパーでたこ焼きの粉を買うてきて、適当な具を入れたら、最後にピザ用のチーズをかけて余熱で溶かすだけ。簡単よ」

　上手く丸められなかったり、多少、形が崩れたとしても、全体にチーズがかかっているのだから、気にせず食べられる。

　だが、ママは納得しない。

『いやいや。十喜子ちゃんに作ってもらうのがええのんよ』

「分かりました。今度、チーズ焼きを作る時には、必ずママも招待します」

『そんなん待ってられへんわ。そうや！　うちの店でやろ！　チーズ焼きパーティーや』

　呆気に取られていると、いつの間にか日取りが決められ、次回の「地域の暮らし見守り隊」の会議を兼ねて、チーズ焼きを作る事になっていた。

「ママ、そんなにチーズが好きやった？」

「ひまわり」には一応、チーズトーストやピザトーストがメニューにあるものの、特にチーズにこだわりがあるようにも思えなかった。

『まあ……ね。ちょっと私に考えがあるねん。……あ、ターさん、いらっしゃいー』

電話は唐突に切れた。

窓の外を見ると、雨が止んでいた。

十喜子は表に出て、西へと顔を向けた。

仏教では、ご先祖さまのいる世界を彼岸、現実の世界を此岸と呼ぶ。彼岸は西、此岸は東に位置するとされ、春分の日と秋分の日は太陽が真東から昇り、真西に沈むので彼岸と此岸がもっとも通じやすい日になると言われる。

お向かいの奥さんが表に出てきて、掃除を始めた。

「ようやく止んだわね。今日は定休日やっけ?」

外出用の恰好をした十喜子を認め、奥さんは目をしょぼしょぼさせている。

「命日やから」

「そう……。もう三年経つんやねぇ。進ちゃんが亡くなって……」

奥さんの視線は十喜子を通り越し、その背後にある店舗を見ていた。

「今でも、そこに座ってそうな気がするんよ。私が外に出る度に『奥さん、今日も別嬪やなぁ。生まれ変わったら、俺と結婚しよや』って、いつも声をかけてくれて……」

「あの人はまた、そんな事を……。奥さんとこにはしっかりした旦那さんがおるのに、しゃあない人やね……」

「進ちゃんに言われるとね、嬉しいんよ。お世辞て分かってても」

「そのせいで、私がどんだけ苦労したか」

女が押しかけてきた事は一度や二度ではない。「奥さんと別れてくれへんかったら死ぬ」と喚く相手が、全く進の心当たりのない女性だったという事もあった。酔っぱらった挙句、たまたま飲みの場に同席した女性に調子の良い事を言って、相手が勘違いしたという笑えない話だった。

そのくせ、仕事に行けば相手かまわず喧嘩をしかけて、後先を考えずに辞めてしまう。職を転々とした挙句、十喜子には相談もなしに自宅の一部を改装して、たこ焼き屋を始めた。

ただ、仕事場では役立たずの鼻つまみ者だった進も、地域の高齢者や学童の母親、子供達の中にあっては頼られていた。

いや。誰もやりたがらない仕事を引き受けさせる為に、周囲がよってたかって煽てあげ、神輿をかつがれただけの話ではあるが、それが夫の居場所だったのだ。

亡くなってみれば、そのおかげで進は道を外さずに済んだし、十喜子もこうやって大きな顔をしていられる。この家と店、ご近所づきあい。それが夫が残した遺産の全てだった。

別に不満はない。二つの軌道に挟まれた閑静な住宅街でもあるここは、近くには明治時代から続く住吉鳥居前商店街があり、暮らしやすい場所だ。何より、進と一緒になってから三十年は暮らした町だから、近所中が知り合いで、独り身の十喜子にはそれが心強い。

　自宅は昭和初期に建てられた古い二階建てで、元は長屋の一部だったのが今は切り離され、一戸建てのように見える。近くに新築の家が建てられた時は、自宅が随分と古びて見えたが、そこから十数年を経た今では、お互いそれなりに古い家として町の景色に等しく溶け込んでいる。

「ちょっと待ってて……」

　奥さんは箒を塀に立てかけ、家の中に入った。そして、すぐに戻ってきた。

「これ、良かったら供えてあげて」

　喜久寿の袋には、どら焼きが入っていた。

　礼を言い、十喜子は歩き出した。

　天王寺行きの電車を見送った後、恵美須町行きの電車に乗った。

　堺から大阪へと向かう乗客がいる他、沿線に私立の中学校と高校があるからか、一両編成の路面電車は混雑している事が多い。今日は昼時のせいか、座る事ができた。

　乗客の衣服や傘がまとう湿気と人いきれで、車内はむっとしていた。

　このまま終点に向かえば天王寺動物園に行けるから、颯が小さい頃は、よく家族で阪堺線を利用していた。

　がたごとと揺られながら、十喜子は二十年も前の思い出に浸った。

　小さい頃の颯は、父親の休日にはずっと傍に張り付いているような子供だったのが、中学に上がったあたりから次第に進を毛嫌いするようになった。

進が勤めを辞めた後の暮らしは、決して楽ではなく、十喜子がパートを掛け持ちして得た給金で、家族三人が何とか暮らしている状態だった。颯にも十分な小遣いをやれず、周囲の子供達が当たり前のように持っている遊び道具やゲームなども、買ってやる事はできなかった。

颯が突然、家を出てから十年が経つ。

いきなり、学校を辞めて上京すると言い出したから、十喜子と喧嘩になった。颯はリュックサック一つを肩にかけ、家を出て行った。頭を冷やして、すぐに帰ってくるかと思ったのに、それっきり家には戻らなかった。

当たり前の日常が何の前触れもなく、ある日突然、失われるのだと知った。

何処(どこ)かで生きていると信じたいが為に、いない事に慣れようとしたし、十年という月日を生きるうちに、気が付けば颯の事を考えなかった日もあった。生き続ける為に、こうやって人間は過去の出来事を忘れて行くのだろうか。

十喜子という名は、「喜びの多い人生を送れるように」と、両親が名付けてくれた。自分を不幸だとは思わないが、颯の不在は何かにつけて付きまとい、十喜子の人生に影を落とした。

——完全に名前負けしてるわ。

両親を恨むのは筋違いだが、もっと別の名前で良かったのではないかと、ついついどうしようもない事を考えてしまう。

やがて、電車は終着駅を告げた。

通天閣と天王寺動物園を右手に見ながら坂を上ると、一心寺の北門が見えてくる。お骨佛堂は本堂の向こう側にある。

夫が亡くなった時、墓を作る代わりに、ここ天王寺は逢阪にある「一心寺」にお骨を納めた。遺骨は十年分をひとまとめにして阿弥陀如来像を作り、お骨佛として供養されるのだ。

売店で蠟燭と線香を買い、花をお堂の脇に供える。お賽銭箱の向こうに、八体の阿弥陀如来がいて、ガラス越しに参拝者達と相対している。

線香や蠟燭の煙でいぶされた古いお骨佛の隣に、進の遺骨が入った真新しい阿弥陀如来は立っている。平成十九年から二十八年までに納骨された、二十二万体の骨で造られた佛様だ。

その白々とした顔を、十喜子は見上げる。

十喜子も亡くなったら、お骨は一心寺に入れてくれるようにと、周囲の者に伝えてある。

本当は後腐れのないように、海か川にでも散骨してもらえたらいいのだが、骨を細かく砕く必要があったり、人目にも配慮しなくてはならず、思っていた以上に面倒だった。

たかだか遺骨の処理に、身内でもない人達に煩わしい思いをさせる事はない。だいたい、今の自宅で看取ってもらえる保証もないのだし、アテにしていた人の方が先に逝ってしまうかもしれない。

最近の十喜子は、自分が死んだ後の事ばかり考えている気がする。

五十代なんてお嬢さん。

近所の年寄りはそう言うが、めっきり新聞の文字が読みづらくなり、服を着替える時や何かの拍子に、二の腕や手首に違和感を覚えるのだから、嫌でも迫りくる老いを感じさせられる。

（一人で先におらんようになって。進くん。あんたを恨むよ）

お賽銭を投げ、墓地の中を通って出口に向かう途中、ふいに足元に違和感を覚えた。

靴紐が切れていた。

「いやあ、不吉やわ」

思わず声に出していた。

二

「ほな、お十喜さん、ママ。始めまひょか」

大番頭はんこと「食品日用雑貨のタツミ」の店長、辰巳が改まった口調でテーブルに両手をつく。

卓上には、「ひまわり」特製のサンドイッチではなく、たこ焼き用のホットプレートが置かれている。電源が入れられ、既に温まっている。そこに、油を引いて行く。

タッパーを開き、葱に紅ショウガ、一口大に切った蛸と、切り目を入れたウインナーなどを卓上に並べる。

「ママ。お願い」

十喜子の合図で、事前に作っておいた生地をママが冷蔵庫から取り出してきた。

レードルで生地をかき混ぜ、ホットプレートの焼穴に注ぎ込む。左半分が蛸、右半分はウインナーだ。続けて紅ショウガ、葱、天かすをばら撒いて、残りの生地を流し入れる。

慣れた自分の仕事場でないせいか、勝手が違う。二つくっつけたテーブルは足元がガタガタしているし、換気扇が遠いから匂いも気になる。

サイフォンで淹れたコーヒーと、香ばしいパンの香りが、瞬く間に出汁の匂いに染められて行く。

「ママ。ええのん？　お店の中が粉もん屋の匂いになってるけど」

「構へん」と言いたげに、ママが無言で頷く。

やがて、生地が焼けたのを確認し、穴の周囲を四角く切り取って行く。このホットプレートには線が刻まれているから、その溝に沿って切って行くだけでいい。

　後は生地が焦げないように高速で回して行く。

　集中している十喜子を慮ってか、二人とも話しかけてこないのが有難い。そして、仕上げにピザ用のチーズでたこ焼きを覆い、蓋をした。

　余熱でチーズを溶かした後は試食だ。

「あつっ、あつっ、あつぅ……」

　最初の一口で、辰巳が口の中を火傷した。

　それを見たママは、口をすぼめて息を吹きかけ、皿の上のチーズ焼きを冷ましている。

「醤油味とチーズって、意外と合うよね」

「お十喜さんも人が悪い。こんなええもんを思いつきながら、店では売らへんのやから……」

　二個目は十分に冷ましてから頬張る辰巳。

「チーズ焼きは後の片付けが大変やから、店では出されへんのよ。そこで、ちょっと考えたんです」

　ホットプレートを綺麗にし、新たに生地を流し込む。そして、同じように焼いた後、今度は皿に取り出したたこ焼きの上にスライスチーズを被せ、そこに温めたソースを垂らした。トーストの上に置いたバターのように、チーズがじんわりと溶けて行く。

「こないだ焼き鳥屋で食べた、つくねチーズをヒントにしました」

最初に焼いたチーズ焼きを食べつくした二人は、新たに焼いたスライスチーズ載せに「待ってました」とばかりに手を伸ばす。

「こっちの方がチーズの味が濃厚で、チーズが好きな人にはより楽しめそうやね」

チーズとソースの調和を味わうように、ママが目を閉じた。

「冷たいチーズが熱々のたこ焼きを冷ましてくれて、ワタイはこっちの方が好きやなぁ。それに、テイクアウトでも出しやすいんとちゃいまっか？」

「ただ、これでもお客さんが並んでる時とかは難しいんです」

スライスチーズは溶けやすく、外に出しておくとフィルムから剝がしづらくなるから、使う直前まで冷蔵庫に入れておかないといけない。たったのひと手間入るだけだが、ちょっと目を離した隙に、焼いてる最中のたこ焼きが焦げてしまう事もあるのだ。

「それやったら、ホットプレートを使ったセルフサービスのたこ焼き屋とかどうやろか」

「せやせや。材料は全部お十喜さんが揃えておいて、客席に運んだらレクチャーするだけで済む……。いやいや、結局は面倒を見んとあかんようになりそうやから、やっぱりフロアにはせめて一人はおらんとあかん」

「あの……」

話が見えなかった。

「一体、何の話ですのん？」

辰巳が箸を置いた。

「佑人くんのお母はんが連絡してきはったんです。『あそこは私より、十喜子さんにぴったりな立地やないですか』て」

「香織さんが？」

「お十喜さん、こないだ『ジェイジェイ』に案内したんでっしゃろ？」

最初は何の話か分からなかったのが、「ジェイジェイ」の名前を出されて思い出した。

十喜子は手を振った。

「無理です。私は一人でやってるんやから、今の店が精一杯」

「そうかいな？　あの辺には一人でカフェをやってる若いお嬢さんもおりまっせ。自分でケーキを焼いて、接客もやって……」

香織に何か入れ知恵でもされたのか、いつになく辰巳は押しが強い。

「日持ちのするスイーツと違って、たこ焼きは作り置きすると味が落ちてしまうんです。手伝ってくれる家族でもおったら別ですけど……」

「その事やけどな。佑人くんのお母はん……大平さんが、手伝うてもええと言わはるんや」

「え！　香織さんが？」

「自分の店を出すつもりはないけど、手伝う形やったら協力できる。そない言うてますのや」

期待に満ちた辰巳の顔を見ながら、気分が下降線をたどるのを感じた。

「悪いけど、それはお断りします」

失望の表情を見せる辰巳に、十喜子は唇を嚙んだ。

「新しい事をする気力がないんです。今の店を維持して、ご近所をパトロールして、誰かの話の聞き役になる。それで十分です」

「そんな寂しい事、言わんといてえな。気力がないて……。あんさん、ワタイよりずっと若いんでっせ」

その時、ママが辰巳の肘を引いた。

「大番頭はん。女性にはそういう年頃があるねん。生きる張り合いがごっそり抜け落ちてしまう、寂しい年頃が……。十喜子ちゃん。今日は無理をゆうてゴメンやったで。『ジェイジェイ』の話はとりあえず忘れて」

楽しい時間になるはずが、すっかり白けてしまった。

「ひまわり」を出た後も、すぐに家に帰る気にはなれず、すみよっさんへと足を向けた。

阪堺線の軌道を跨ぐと、右に「住吉大社」と彫られた大きな石碑があり、真正面に鳥居が見える。初詣には参道に立ち並ぶ屋台も、今はない。

鳥居をくぐり、太鼓橋と呼ばれる朱塗りの反橋を渡る。そして、手水舎で手水をとり、手と口を清めてから本宮へと向かう。

砂利が敷き詰められた境内に、本宮は四つ。底筒男命が祀られた第一本宮から、息長足姫命の第四本宮まで、参拝の順序は決められていない。

境内には着物姿の若い女性と、その連れがいた。お宮参りらしく、黒い祝着に包まれた男の子を抱いている。

賽銭を投げ入れ、手を合わせながら、祝着の兜の柄を見る。

颯が生まれた時は、十喜子の母が祝着を準備してくれた。祝着は親類や友人に貸した後、一巡して戻ってきて、今度はお直しをして七五三でも着せた。そして、また誰かに貸した後、今度は戻ってこなかった。その頃には颯も大きくなっていたから、誰かに譲ったのかもしれない。

成長期の子供がいると、毎日が慌ただしい。色々とあったはずなのに、今となっては細かい事はほとんど覚えていない。つい二、三年前の出来事だと思い込んでいたのが、よく考えたら十年が経っていたという笑えない話もあった。

時間は押し流されるように、十喜子の傍を通り過ぎて行く。

颯がいなくなり、進も逝ってしまった。知らぬ間に自分の内部が削り取られているような虚しさを感じたり、自分が生きている意味があるのかと考えてしまう時間も増えた。

耐えがたい悲しさに身もだえしたり、我が身の不幸を嘆くほど苛烈な人生ではない。

ただ、ただ、虚しいのだ。

——跡取りもおらんのに、今さら店を大きするって……。そんなアホな……。

商店街の復興など、元気が有り余っていて、先がある者がやればいいのだ。

そう嘯くものの、十喜子の目に入ってくるのはめっきり年老いた近隣住人や、古びた家や町ばかりだ。一筋向こうにある住吉大社に外国人観光客が押し寄せようとも、ここが劇的に変わる事はない。

捨てられたのだ。

自分も町も、颯に見切りをつけられて。

ここに根を張りたい、一生暮らしたい。まだまだ先の長い者が、そんな風に思えるような、ここはそういう町ではないのだろうか？

颯が高校二年になり、そろそろ進路を考える年になった時、自宅から通える専門学校に行かせるか、もしくは十喜子達が訪ねて行けるような場所に下宿させて大学進学を、と考えていたのに、颯は「そんな生き方はしたくない」と反発した。

父親のような大人にしてはいけないと思うのに、颯は十喜子に逆らって突拍子もない事を言い出した。

（俺、芸能人になるんや）

（なれる訳がない。夢みたいな事を考えな）

そう言う十喜子に、「なられへんかどうか、やってみんと分からんやろ」と捨て台詞を吐き、家を出て行った。

あぁ、進に似たのだ。

いつか何かになりたいと薄ぼんやり考えるばかりで、仕事に身が入らなかった父親に。そんな父親を嫌いながらも、颯もまた轍にはまり込んだように、普通ではない道へと足を踏み入れた。当たり前の人生など面白くないとそっぽを向き、十喜子に捕まらない場所へと逃げて行った。

お参りを終え、阪堺線の軌道へと戻ってくると、お隣の加茂さんが娘の幸代に付き添われて、横断歩道を渡るのが見えた。自然と十喜子が追いつき、「こんにちは」と挨拶をする。

「珍しい。二人でお出掛け？」

「あぁ、十喜子ちゃん」

加茂さんが顔を上げ、どんよりと濁った眼を寄越した。

「お出掛けやったらええんやけどな。病院やよ」

隣で幸代が申し訳程度に頭を下げた。相変わらず愛想がなく、「喋るのは母親に任せている」とでも言いたげに無言だ。

「検査の結果を聞くだけやってんけど、心細かったさかい、付き添うてもろたん」

「え、検査って……」

「何も心配するような事、なかったわ。何か胃がしくしくするから、ついでに全部検査してもろたんやけど、血圧が高いぐらいでどっこも悪なかった」

「はぁ、それは良かったですね」

その間に幸代はすたすたと歩き出し、先に家へと入ってしまった。その両手には母親の荷物と、デパートの紙袋がぶら下がっていた。

「幸代さんに付き添うてもらえて安心やったね。やっぱり戻ってきてもろて良かったんよ」

「いっこも喋らんし、くすっとも笑わん。一緒に御飯食べてても、まずそうに食べる。辛気臭いだけやわ」

加茂さんが愚痴っぽいのは、いつもの事だ。

「せやけど、多少は心強いでしょ？」

「まぁな。出先で荷物は持ってくれるし、ちゃっちゃと会計してくれたり、代わりに薬を貰いに行ってくれるさかい、今日は助かったわ」

珍しく幸代を褒めたものの、照れ臭いのかむっつりしたままだ。

「良かった。ついでに娘の立場から一言。ちゃんと『ありがとう』って言うてあげてね」

「何で娘にいちいち礼を言わんとあかんのん」

憎まれ口を叩きながらも、加茂さんは嬉しそうだった。

「ほんなら、また。……あれ？」

玄関の鍵を開けようとすると、施錠されていなかった。

「いややわぁ。私、玄関を閉めんと出てしもたんかしら」

途端に、加茂さんの表情が険しくなる。

「泥棒とちゃうか。あ、家に入ったらあかん。幸代。ちょっと、幸代……」

加茂さんの家に上がらせてもらい、裏庭へと回って、木とトタンの塀越しに自宅の様子を探る。

「物音とか聞こえる？」

加茂さんは電話の子機を手にしていた。

「警察に電話しよか？」

詐欺に遭って以来、加茂さんはめっきり用心深くなっていた。

「ちょっと待って……」

誰かの声が聞こえた気がした。

「……子供の声やわ」と言うと、加茂さんが「子供？　子連れの泥棒？」と不思議そうな表情をした。

「聞き間違えたんかしら？」

そう言う十喜子の耳に、今度ははっきりと聞こえた。

あーあーとぐずるような声は、随分と幼い。せいぜい、一、二歳の乳幼児だろうか。

その時、庭に面したガラス戸ががらがらと引かれる音がした。十喜子の腕を握る加茂さんの手に力が籠もった。

誰かが庭に降りる音が聞こえ、同時に声がした。

「……ほんま、何処へ行ったんや。おかんの奴……」

唇から飛び出しかけた言葉を、喉の奥で潰す。

（……颯。颯が帰ってきた……）

三

今、起こっている事は、一体何なのだろうか？　待ちくたびれた末に、悪い夢を見させられている気がする。

「よぉ」

空白の年月などなかったかのように、颯はくつろいでいた。

「ただいま」も、「悪かった」もない。これが本当に自分が産んだ子なのかと、十喜子はその顔を凝視した。

女性のように細く整えた眉に、父親譲りのぱっちりとした目、唇の上にうっすらと髭を生やして童顔を誤魔化しているが、実際の年齢より幼く見えるのは変わらない。

子供の頃の面影が僅(わず)かに残った顔を確認した後、足元から順に観察して行く。

ところどころ破れたGパンからはチェーンがじゃらじゃらと垂れ下がり、筋肉で押し上げられた小さなTシャツの袖口(そでぐち)からは、刺青(いれずみ)の入った腕が伸びていた。幾つもピアスが開けられた耳に、唇にはくわえ煙草(タバコ)。

十喜子が町内パトロールで見かけたら、真っ先に警戒するような、そんな分かりやすい外見になっていた。

「今さら何をしに……。お父ちゃんが死んだ時、どんだけ探したか……」

「ちょっと待て」

颯が片方の眉を撥(は)ね上げた。

「あいつ、死んだんか？」

喋った拍子に、煙草の先から灰が落ちる。

「いつ？」

「三年前。動脈瘤(どうみゃくりゅう)が破裂して一気に……。今、あんたが座ってる辺りが血の海になった」

気味悪そうに、颯が自分の足元を見る。

「ちょうど今日が命日。一心寺にお参りしてきたとこや」

「ふうん」

急に興味を失ったように、親指と人差し指で短くなった煙草を摘(つま)む。

「何か食うもんない？」

「もっと他に言う事があるやろ？」

「後でええやん。それより嵐(らん)に何か食わしたってや」

床にペタンと座り、テレビを見ている子供を顎(あご)でしゃくる。

嵐というのが、子供の名前らしい。ちょうど始まった子供向けのアニメを、食い入るように見ている。

「今日は涼しいから鍋がええなぁ。おかん特製の……。季節外れやけど、嵐も食えるし」

なし崩し的に入り込もうとする態度に、十喜子の頰が強張(こわば)った。

「夕飯？　何の話ですか？」

自然と声が他人行儀になるのに、颯が口を開けて「あっは」と笑った。日焼けしているせいか、やけに白く見える歯が空々しく映った。

「久し振りに息子が帰ってきたんや。孫まで連れて。ゆっくりして行きやって言うのが普通やろ？」

横目で嵐を見て、すぐに目を逸(そ)らす。

頭のてっぺんにあるつむじまで、颯の幼い頃に似ていて、胸がぎゅっと潰れそうだった。

「一服したら、とっとと出て行って下さい」

「小さい子供を抱えて、路頭に迷ってる息子を追い出すんか？」

「せやから、うちに息子はおりません。十年前に死んだもんやと思てます」

「もしかして、まだ怒ってるん？」

「もしかせんでも怒ってるわ」

いや、怒りを通り越して、呆れていた。

「『よう帰ってきてくれた』言うて、盛大に迎え入れてもらえるとでも思ってたん？　親から探し出されんように逃げ回っといて、いざ自分が困ったら助けてくれ。そんな身勝手な人間に付き合うようなお人よしやないわよ。私は」

「とりあえず今日は泊まらしてや。な、頼むわ」

「あかんっ！　その子を連れて、とっとと出て行き！」

その時、嵐が座っている場所に、じわじわと染みが広がっているのに気付いた。慌ててズボン越しにオムツに触れると、水分を吸ってパンパンに膨らんでいた。

「あんた！　オムツくらいちゃんと替えたり！」

慌てて抱き上げ、そのまま風呂場へと走る。

洗い場でズボンとオムツをおろし、ついでに上着も脱がせる。排泄物と汗、食べこぼしの臭いが鼻先をかすめた。

尿で汚れた衣類は、水と洗剤を張ったバケツに入れて浸け置き、それ以外の衣類は洗濯機に投げ込む。

風呂場に戻ると、嵐が風呂桶を被って遊んでいたから、「あーかん。背が伸びんようになる」と取り上げ、シャワーのお湯を足元にかけてやる。嫌がる素振りを見せなかったので、胸元や肩にもお湯をかけ、髪も少しずつ濡らしてゆく。

「……可哀想に。お尻が真っ赤。お猿さんみたいや。きれい、きれいしよな」

あやしながら髪と身体を洗ってやる。生憎、ベビー用のシャンプーも石鹸もなかったので、試供品で貰ったボディソープを薄めて使った。

石鹸水を含ませたタオルで身体をこすりながら、嵐を観察する。痩せすぎているのでもなく、不自然な痣や傷も見当たらない。虐待を受けている風には見えないが、あせもやおむつかぶれがあり、きめ細かな世話をしてもらっていないのが窺えた。

——母親は何をしてるんやろ……。

乾いたタオルで身体を拭いてやると、嵐はそのままの恰好で脱衣所からよちよちと颯の所へと向かった。

「おー、綺麗にしてもろたんか？　……うん。もう臭い事ない」

颯の声を聞きながら、十喜子はバケツの中の衣類をざっと洗い、洗濯機に入れた。

ついでに十喜子もシャワーを浴び、新しい衣服に着替えて戻ると、颯と嵐の姿がなかった。

表に出て辺りを見回したが、そこにもいない。

——忙しないなぁ。何処へ行ったん？

すぐに戻るだろうと思い、鶏肉屋へ行く。腿肉と胸肉をミンチにしてもらい、ついでに明日のお昼用に照り焼きも買った。

水菜と葱も買い、豆腐屋の袋を手にいそいそと家路を急ぐ自分の姿が、ショーウインドーに映った。シャワーを浴びたばかりのせいか、頬が上気して見えた。

帰宅後は、すり下ろした生姜と味噌を鳥ミンチに混ぜたつくねを用意し、切った水菜に水を吸わせてぴんとさせた。

鍋料理を作るのは久し振りだった。一人鍋というのが、十喜子は好きになれなかった。簡単に栄養がとれると言うが、嫌でも一人だと感じさせられる。

長らく使ってなかった陶器の鍋を、十喜子は丁寧に洗った。

だが、夕飯時になっても、颯と嵐は戻って来なかった。

——私、何をしてるんやろ。

テーブルに置いたカセットコンロと、出汁昆布を浮かべた鍋を見つめる。

鍋の周囲にはざく切りにした水菜と椎茸、人参、豆腐の他に、戻した乾麺がざるに用意してある。そして、ボウルいっぱいのつくねの脇には、商店街で急いで買ってきた子供用のお茶碗とマグカップも——。

ふうっとため息をつく。

十喜子自身が出て行けと言ったのだ。

——あんなアホの言う事を真に受けて……。

余分な具材を冷蔵庫にしまい、一人分だけ調理しようと準備を始めた時、表の戸が開いた。続いて「ただいまっと」という颯の声。

「あんた、御飯は？」

片手で抱かれた嵐は、颯の肩を枕に寝息を立てていた。

「え？　食べてきたで。嵐と一緒にファミレスで。……俺の部屋、そのままやろ？　使わしてもらうで」

そして、テーブルに伏せられた三人分の食器をちらと見ただけで、そのまま二階へと上がった。

その足音を、十喜子は呆然としながら聞いていた。

四

翌朝——。

十喜子は階下の物音で目を覚ました。

咄嗟に「泥棒……」と言いかけたが、窓の外はすっかり明るい。こんな明るい時間に入る泥棒はいない。

小さな子供の声がして、そこで、颯が戻ってきたのを思い出した。

時計を見ると、午前八時を回っていた。

「いやっ、寝過ごしてしもたわ」

最近は眠りが浅くなり、夜中に何度も目を覚ました挙句、朝の五時半過ぎには起き出していた。つい三年ほど前には、辰巳が「年をとると、あんまり寝られへんようなる」と言うのを他人事(ひとごと)のように聞いていたが、今は十喜子が客に同じ事をボヤいている。

それが、昨日は布団に入った後もなかなか寝付けず、早朝になってようやく微睡(まどろ)み始めて、そのまま熟睡してしまったのだった。

簡単に身づくろいをして下に降りると、俎板(まないた)で何かを切る音と、炊飯器が蒸気を吐き出すのが聞こえてきた。ほのかに漂うのは、味噌の香りだ。

「あ、おかん。やっと起きたか。もうすぐ御飯が炊けるから、待っとって」

ぽかんとして突っ立っていると、十喜子のエプロンをつけた颯が台所から出て来た。その手には、刻んだ漬物を入れた深鉢が一つ。テーブルに鉢を置くと、颯はすぐに台所に下がった。

かしゃかしゃと何かを混ぜるのが聞こえ、フライパンがじゅっと音を立てる。やがて、卵が焼ける匂いが立ち込め、テーブルにおかずが並んだタイミングで、ピイッピイッとアラームの音を響かせて御飯が炊きあがった。

「先に、食べてや」

颯は台所で鍋やフライパンを洗い出した。

「ぶーぶ」

足元に温かい感触がして、はっと我に返る。嵐が十喜子の脚に抱き着いていた。

「あ、あぁ、お腹すいたやろ。御飯食べよか」

椅子に座らせ、颯が作った玉子焼きを箸で小さく切り、冷ましてから食べさせる。

──子供用の椅子を買わんとあかんねぇ。

そんな風に考えて、慌てて首を振る。

──あかん。あかん。気を許したらあかん。颯が何を企んでるか分からんのや。

わざとむっつりとした表情で、十喜子も食事を始めた。

玉子焼きは十喜子が作るのと同じく、塩だけで味付けしてあった。出汁巻き玉子より余程美味しく、十喜子の料理を滅多に褒めなかった進からも、この玉子焼きと、出汁で炊いた湯豆腐は頻繁にリクエストされた。

味噌汁には豆腐と油揚げの他に、小さく切った野菜屑が入っていた。

「ごちそうさま」

食べ終えた食器を手に台所を覗くと、颯がシンクを磨いているところだった。見ると、焼け焦げだらけのコンロの五徳に洗剤が吹きかけられ、磨かれる準備がされていた。

「綺麗にしてくれるのは有難いんやけど、そろそろ仕込みを始めたいんやわぁ」

「もう、でけてる」

冷蔵庫を開くと、生地を小分けにして入れた容器が並び、その隣には刻まれた葱がバットに山積みになっている。

颯はシンクを綺麗にした後、今度は蛸を取り出し、一口大に切り分け始めた。

その慣れた手つきに驚く。

「あんた」

「何？」

「料理できたっけ？」

ぽかんとした後、不自然なほど白い歯を見せ、颯が笑い出した。

「俺、いつまでも高校生のガキやないで」

五

「えぇっ？　颯くんが戻ってきたん？」

十喜子はゆで卵の殻を剝き(む)ながら頷く(うなず)。

カウンターの上には、二つに切った厚切りトーストと淹れたてのコーヒーが湯気をたてている。

「いつ？　いつ戻ってきたん？」

「一昨日」

小さく割ったゆで卵を嵐の口に放り込んでやる。程よく半熟に茹った卵が気に入ったのか、嵐は目を大きく見開き、唇をすぼめて味わっている。

「ちょっと、ちゃんと説明してよぉ」

「それがな……」

まだ大人の言葉を完全には理解していないだろうが、それでも嵐が傍にいるせいか、自然と声が小さくなる。

「帰ってきた時には叩き帰したろって思てたのに、この子を連れててな……」

事の顚末を、ママはあんぐりと口を開けたまま聞いている。

「そのうち噂になるやろから。人の口から耳に入る前に、ママにはゆうとこ思って……」

厚切りトーストをかじる。

「もう噂になってるよ。十喜子ちゃんの店にイケメンのアルバイトが入ったって……。あれ、颯くんやったんや」

ムースでかっちり固めたカーリーヘアを、ママはそっとかき上げた。

午前十一時ちょうど。

モーニングサービスが終了した「ひまわり」の店内は、閑散としている。以前は開店を待ち構えてやって来る通勤前のサラリーマンや、年金生活の老人で賑わっていた店が、最近はママ一人で回せるぐらいしか客が来ない。それでも、あと三十分もすればランチ目当ての客が入り出すから、混み合う前に切り上げないとママの機嫌が悪くなる。

「あんまり嬉しそうとちゃうけど、何か困った事でもあったん？」

「肝心な事は説明せえへんし、ちゃんと謝りもせんと、なぁなぁで居付かれてるのが腹立つねん」

「せっかく戻ってきたのに、出て行かれた方が困るでしょ」

「別に困らへん。これまで一人で気楽にやってたから、今さら、息子と一緒に暮らす方が気詰まりやわ」

「そんな強がり言うてから……。ほんまは嬉しいんとちゃうの？　なぁ？」

ママは嵐に向かって目を細めた。

アイラインとマスカラでぐるりと囲まれた目が怖かったのか、嵐が「えっえっ」と泣き出した。

ぐずる嵐を抱き寄せ、背中を叩いてやる。

「ほらぁ、泣いてる顔なんか、小さい時の颯くんにそっくり」

複雑だった。

面影はあるとは言え、今の颯は高校時代とは何もかもが違ってしまっている。耳に幾つも穴が開き、身体に刺青を入れた姿は、何度も想像していた姿からは程遠い。よく似た男が息子を騙っているのではないか。そんな気持ち悪さがあった。

「そうお？　その子を見てると、父親は颯くん以外の何者でもない気ぃするけど」

ママの言う通り、顔だけではなく、ちょっとした身体の特徴や仕草が、小さい時の颯にそっくりだった。

「ちょっと。バーバにコーヒーぐらい飲ませて」

コーヒーカップを手にした十喜子に向かって、嵐が手を伸ばしてきて、自分にも飲ませろと聞かない。

「十喜子ちゃん。今は他に客もおらんし、店の中で好きなように歩かしたって」

床の上に下りた嵐はすぐによちよちと駆け出し、ソファの上に飛び乗った。

「こら！　靴のままで行儀悪い！」

「ええから。ええから。どうせ、座るのは商店街で働いてるおっちゃんらや。天ぷらを揚げた油だらけの上っ張りとか、魚の鱗やらなんやら付いたズボンで座るんやから。とっくの昔に汚れてるわ。それより、冷める前に食べてしまい」

ママに促され、残りのトーストを手に取る。

「あぁ、喫茶店で食べるトーストは美味しいわぁ」

秘密は業務用のマーガリンだ。

「颯くんとお孫さんにも食べさせたって」

円い筒状の缶から、ママはタッパーにマーガリンを小分けしてゆく。

マーガリンをバターより下に見る者が多いが、このマーガリンは別だ。味が濃く、市販の食パンに塗っただけで喫茶店の味になる。残念な事に完全に業務用で、なかなか手に入らない。

一度、業務用食料品スーパーで別の銘柄のマーガリンを買って試してみたが、納得できる味ではなかった。そう言うと、ママは「そら、素人さんに簡単に真似されたら、私らの商売が立ち行かんようになるやん」と笑った。

そういう訳で時々、ママに頼んでお裾分けしてもらっている。

「三人家族になるんやから、一缶丸ごと持って行ったら？　まだ封を開けてないのが裏にあるけど」

ヘラでマーガリンを取り分けながら、何処かママは嬉しそうだ。

「冗談はやめて。居付かれたら困るってゆうてるやん」

「何で？　孫は可愛いんやろ？」

ソファの上で飛び跳ね出した嵐を、ママは嬉しそうに見ている。

「あんな可愛い事してバーバを喜ばしてくれるん、今だけやで」

「正直なとこ、いきなり現れられても……。お嫁さんのお腹が膨らんで、生まれてくるのん楽しみにしたり、しわくちゃの赤ん坊が段々と可愛くなるとこを見てないから、これが孫やて言われても実感が湧かへん」

「十喜子ちゃん。くれぐれも短気起こしたらあかんで。出て行かれてから、寂しい言うても後の祭りや」

嵐の手を引いて戻ると、自宅の前に人だかりがしていた。

「あつあつで、とろけるほど美味い。ここでしか食べられへんたこ焼きや。十個で五百円！　十個で五百円！　あと五十円でチーズも入るで」

颯が焼きながら、威勢のいい呼び込みをしていた。その中に、馴染みの顔を見た。

大番頭はんこと辰巳だった。その辰巳と目が合った。眼鏡の奥の小さな目が、きらりと光ったかに見えた。

六

夕飯の支度をと台所に立った時、台所用品の配置が変わっているのに気付く。

中華鍋がシンク下の棚から外に出され、代わりにテフロンのフライパンや、アルミの鍋が、収納グッズで具合良く置かれていた。

颯が整理してくれたようだ。

生前の進は、気の向いた時に中華鍋をふってチャーハンや炒め物を作っていたが、十喜子には重くて使い辛い。ほとんど出番がないにも拘わらず棚を占領していて、邪魔でしょうがなかったのだ。

――この機会に捨てたろ。

そして、使い納めとばかりに、中華鍋で天ぷらを揚げる事にした。

玉ねぎにカボチャ、さつまいも、茄子、インゲンと冷蔵庫に残っている野菜を切り、冷水にといた天ぷら粉をつけて次々と揚げて行く。

一人で暮らしていると、なかなか天ぷらを揚げる機会がない。出来合いを買ってきた方が安上がりだし、手間もかからない。

ついでに、ゴボウと人参をささがきにしてかき揚げも作る。

全ての材料を揚げた時には、汗だくになっていた。

野菜の天ぷらをテーブルに移動させると、今度は鍋に湯を沸かし、素麺を茹でた。

「あ、俺の好物」

風呂から上がってきた颯は、嬉しそうに冷蔵庫から卵を取り出し、素麺つゆのお椀に割り入れた。

上半身裸でいるから、胸や肩、腕に彫られた刺青が嫌でも目に入る。

「おかん。俺がヤクザになったと思ってるんやろ？」

こっそり見ているのに気付いたようだ。

「何も心配する事あらへん」

「心配って……。別に心配なんかしてへん。死んだもんやと思ってたし、今も息子やと思ってへん」

「えぇ？　あんまりやん」

颯の抗議に呼応したかのように、コンロの上で鍋が噴きこぼれた。十喜子は火を弱め、同時に自分の中に渦巻く怒りの炎も鎮める。

「あんたは、もう私の息子やない。ヤクザになろうが、何処ぞで野垂れ死にしようが、別に構へん」

いずれはこの家も売り、身体が動くうちに同年代の人間ばかりがいる公団住宅に入居して、そこで孤独死するつもりでいた。同じ棟の住人には「三日、外に出なかったら警察に通報して」とでも言っておけば、そう酷い事にはならないだろう。

「他人をアテにせんかて、俺がおるやないか」

ため息が出た。

「十年間音沙汰もない家族より、近所に住む他人さんの方がよっぽどアテになる」

「俺、彫り物師になるつもりやってん」

大事な話をしている最中に、話題をずらそうとする颯に苛立つ。

「あんたの話は、筋が通ってへん。確か、芸能人になるゆうて出て行ったんちゃうんか？」

「そらそうやけど、まずは生活をせんとあかんやろ？　一応、心当たりはあったんやけど、いざ、俺が家を出たゆうたらビビってしもうて、別に住むとこを紹介すると言われた。その時に紹介されたんが、彫り物師のとこやってん。世話になる代わりに、その人の手伝いをしたり、練習台になっただけや。おかんが心配してるような事にはなってない」

つまり、自分は堅気だと言いたいようだ。

いや、それ以前に軽率過ぎるではないか？　頼りにしていた人物が二の足を踏んだ時に戻ってくれば、体に刺青を彫る事もなかっただろうに。

「私から見たら、ヤクザも同然や」

「おかん。そういう言い方はあかん。それは偏見や」

「そう。確かに偏見や。せやけど、世の中には、そういう見方をする人の方が多い。現に、お母ちゃんの親戚(しんせき)は、お父ちゃんの事を甲斐性(かいしょう)なしや言うて嫌うてた」

「それは、ほんまの事やんけ」

露骨に嫌そうな顔を見せる。

「俺、学校で何て言われてたと思う？『たこ焼き屋』やで。俺がたこ焼きを焼いてる訳ちゃうのに、『おーい、たこ焼き屋』って呼ばれて、ほんま恥ずかしかった」

「それは、家の人が言うてはるのん。家の人が『あそこのお父さんは仕事が続かんと、たこ焼き屋を始めた』って言うてるのを聞いて、子供が同じように言うてるだけ。確かにお父ちゃんはお金儲けは下手やったけど、お酒を飲んで暴れたり、暴力を振るうような人やなかった。逆に甲斐性があって、お金を稼いできても、奥さんや子供に暴力を振るう人はおる。せやけど、事情を知らん人から見たら、お父ちゃんはただの甲斐性なしや。優しい、ええ旦那さんやとは言うてくれへん」

だから、颯にはきちんと学校に行き、会社勤めをして欲しかった。

たとえ、それが良い植木鉢を探すのに等しい行為であっても、その内側の土が腐り、苗が弱っていたとしても、立派な植木鉢でさえあれば、人前で堂々としていられる。

だが、颯は十喜子が思う道を外れ、毛嫌いしているはずの父親と同じような道へと飛び込んだのだった。

「ほんま。あんたはお父ちゃんそっくり」

「やめてくれや」

「お父ちゃんが昔、歌手を目指してたの話したっけ？」

「……」

「近所でも評判の可愛いらしい顔をした男の子で、中学生ぐらいから、それはそれはモテたらしいわ。あんまり深く考えんと一緒になったから、新婚時代は商店街で働いてる女の人らに、よういけずされた」

十喜子が大して器量よしでなかったのが、余計に彼女達の癪に障ったらしい。

「ふうん。せやから、ええ亭主やったって思うてるんや。てゆうか……俺、何でおかんのノロケ話を聞かんとあかんの？」

「人の話は最後まで聞き。いくら男前でも、三十を過ぎたら顔がええだけでは生きて行かれへん。ちゃんと働いて家にお金を入れるような男の人が一番やて、女の子らも気付いたんや。そのうち太り始めたから、あの人もとっちゃん坊やみたいになってしもうて……。まぁ、あんたと同じで調子だけは良かったから、皆からは『進ちゃん、進ちゃん』って言うてもらえて、最期までみじめな思いをする事はなかったけど……」

「俺に、どないせえゆうねん」

「もう大人やから、今さら大学に行けとか、大きな会社にお勤めせえとは言わへん。せやけど、人を騙したり、詐欺を働いてお金儲けするような事はあかん」

「何を人聞きの悪い事……」

「お母ちゃんの目は節穴とちゃうで。頼むから、真っ当な生き方をして」

「せやから、いつ？　いつ、俺が人を騙した？」

「しらばっくれなさんなっ！」

かっと頭に血がのぼる。

十喜子の剣幕に、颯は黙った。

「うちに来た詐欺師、あんたの仲間やろ?」

「何の話や?」

だが、とぼけるのに失敗した。颯の目が僅かに逸れている。それは小さい頃からの癖で、嘘をついている証拠だった。

「ほんま情けない……。働き盛りの若いもんが、そんな小金欲しさに……」

「ちょっと待て! ちゃうって!」

だが、悪さをした犬のように、十喜子と目を合わせようとしない。

「それから、この店は私のもんや。大目に見てたけど、明日からは勝手な事をせんとって」

肩をすくめると、颯は「素麺が茹っとる」と、十喜子を押しのけるようにしながらコンロの前に立った。そして、鍋の中身をザルにあけ、水洗いを始めた。

「言うとくけど、私はあんたの世話になる気はないから。いざとなったら、近所の人に助けてもらう」

颯の背中に向かって言う。

その後ろ姿は、広い肩幅に対して腰が細い。高校時代には全体的に華奢で、こんな体型ではなかった。

——この男は、やっぱり颯と違う。私の颯は、十年前に死んだんや。

十喜子は何度も自分にそう言い聞かせた。

七

翌日からは十喜子が店に立ち、平常通りの営業に戻った。

「あの男の子は？」と聞かれるのが煩わしかったが、「親戚の子に手伝ってもろてただけや」と誤魔化した。

颯は嵐を連れて、朝から何処かへ出かけていた。行き先も言わないし、こちらも特に聞かなかった。

あれだけきつく言っておけば、居座ろうとは思わないだろう。

「お十喜さん」

いきなり店を訪れた辰巳は、険しい顔をしていた。

「何？　大番頭はん。怖い顔」

「今日は何で、あんさんが店に立ってるねん」

「何でって、ここは私の店です」

辰巳は眼鏡をくいっと押し上げた。

「色々と思う事あると思う。颯くんに対して……。せやけどな、それはそれは真面目に仕事してはったで」

むっつりと黙り込んでいると、辰巳はそのまま畳みかけてきた。

「どうや？　颯くんも戻って来た事やし『ジェイジェイ』の後で店をやるのん、前向きに考えてくれへんか？」

それは、いつものような軽い口調ではない。

返事ができずにいると、辰巳は続けた。

「つまり、颯くんに商店街の店を任せて、あんさんは家で孫の面倒を見ながら、これまで通りたこ焼きを売る。それで丸く収まるやないか」

「ちょ、ちょっと待って下さい。こっちにはこっちの事情があるんです」

「何の事情ですのん？　お十喜さんは颯くんに、まともな仕事をさせたいと思ってはったんやろ？　芸能人とかやなくて、堅気の仕事をして欲しいて言うてたやないんか？　お店をやるのは真っ当な事やし、颯くんがこの地に根を下ろすきっかけになる」

「あかん。あの子はアテにならん」

また、ぷいっといなくなる可能性があるのだから、お金をかけて新しい店を出すなどとんでもない話だ。

「お十喜さん。この十年間の思いがあるやろから、すぐに受け入れてやれというのは無理かもしれん。せやけど、颯くんの働きぶりを見てたら、ちゃんと心を入れ替えて、更生した風に見えるで」

何と短絡的な。

たったの二、三日、母親の代わりに店に立っただけで、辰巳は颯が真人間になったと考えているのだ。

――不良は得やねぇ。たまたま気まぐれでゴミを拾ったり、黙って列に並んでるだけで『行儀がええ』て褒めてもらえる。当たり前の事やのに……。

「いっぺん、膝(ひざ)を突き合わせて話し合いまひょ」

「何べん言われたかて、同じです」

自分でも声が刺々(とげとげ)しくなっているのが分かった。だが、辰巳も怯(ひる)まない。

「また、来まっさかいな」

捨て台詞を残して、辰巳は店を後にした。何か用でもあったのか、すたすたと早足で立ち去る。

――ほんま、大番頭はんのごり押しには困るわ。お節介を通り越して、大きなお世話やわ。

ささくれ立った感情を逆なでするかのように、小さな自転車が猛スピードで目の前を駆けて行った。この春に保育所の年長さんになる子で、少し前までは覚えたての自転車でふらふらと走り回っていたから、いつもはらはらしながら見守っていた。それが、いつしかしっかりと乗れるようになったはいいが、それはそれで危なっかしい。

たまらず叫んだ。

「こういうゴチャゴチャした道を走る時は、もっとゆっくり！　ちゃんと指をブレーキにかけて！」

　窓から身を乗り出して声をかける。

「うるさい！　分かってる！」

　自転車を走らせながら、子供が生意気な返事をする。

「分かってないでしょ！　あ、こらっ、四つ角は一旦停止や！」

　自転車はノーブレーキで角に突っ込んで行った。

　――ほんま危ない。親は一体、何をしてるんやろか……。

　いや、颯がいなくなった時、相談に乗ってくれた人は言っていた。幾ら止めても、親の言う事を聞かない子はいるのだと。

　そして、諭された。

　子供は親の所有物ではないし、自由に生きる権利がある。かえって自分の気持ちを出せず、親の言いなりで成長した子供の方が、大人になってから取り返しのつかない歪みに苦しむ事になるのだと。

　だからと言って、颯のようにいきなり親の前からぷいっといなくなり、そのまま十年も音沙汰がなくなるのは決して褒められた事ではない。

──ほどほどの人生、普通が幸せっていうけど……。普通って何なんやろ……。

十喜子はたこ焼き器の手入れをしながら、通りを眺めた。

ここで通りを眺めながら、体が動かなくなるまで一人でたこ焼きを売る。それが「十の喜び」という欲張った名前に相応しい生き方かどうかは分からない。だが、それはそれで幸せな人生なのだろうか？

物思いにふけっていたから、店の前にぬっと二つの影が現れた時は、ぎょっとした。

「あ、あぁ、すいません。幾つ焼きましょ？」

そう声をかけたが、様子がおかしい。

一人は坊主頭の痩せた男で、紫色のサングラスをかけている。隣には、髪を金髪にした女性を連れている。

その女に見覚えがあった。

つい三十分ほど前に、たこ焼きを買い求めて行った客だ。四十には届いていそうな顔と、ミナミあたりで見かける女子高生っぽいファッションの落差が印象的で、記憶に残っていた。

「何でしょうか？」と言いながら、十喜子は不安を覚えた。

男は険悪な顔をし、逆に女はニヤニヤしている。

「おい、おばはん」

言うが早いか、男がたこ焼きを差し出した。

「この店では、虫が入ったたこ焼きを売るんか！」

見ると、ぐちゃぐちゃに潰されたたこ焼きの中に、小さな虫が一匹、埋もれていた。ゴキブリの子供だ。

「いやっ！　ごめんなさい。すぐに取り換えるわね」

新たに焼こうとすると、「たこ焼きはええ」と男の重い声がした。

「すみません。そしたら、お金をお返しします」

作り直すのが基本だが、虫が混じってしまった場合は、気持ち悪くて同じ店で出されたものは食べたくないという客もいる。

小銭を差し出すと、男は凄んだ。

「まさか、たこ焼き代を返して、はい終わりやないやろなぁ。うちの嫁はん、うっかり食べてしもうてなぁ。ずっと胸焼けがするし、腹も痛いそうや。……こういう時は慰謝料を払うんが普通やろ？」

深呼吸をして気持ちを落ち着けた。

——当たり屋と同じ手口や。

因縁をつけて、金を取ろうというのだ。

もしかしたら、自分達で虫を入れたのかも知れない。こういう輩は言いなりになると付け上がって、何度でも強請りにくる。

　十喜子はお腹にぐっと力を込めた。

　怒りと恐怖心から、脚が震えていた。

「慰謝料って言われても……。一緒に交番に行って、警察の前で話しましょか？」

「じゃかあしいわぇっ！」

　男が怒鳴った。

「こっちが下手に出てるからて、調子こいとったらあかんど！」

「せやかて……」

　手の震えを抑えるよう、胸の前で握りしめる。

　その時、男がいきなり「ぐふっ！」と叫び、無様に転んだ。

「おい、お前ら！　俺のおかんの店の前で何をしとんねん？」

　後ろから急所を蹴られたのだろう。男は股間を押さえて、声もなく蹲る。そんな男を見下ろすように、颯が立っていた。嵐を片手で抱いている。

　それまでニヤニヤしていた女が、顔色を変えた。そして、何か言いかけた唇を閉じた。颯の腕に巻きつく蛇の刺青が目に入ったようだ。

「警察呼ばれる前に、いねや」

　かろうじて立ち上がった男は、内股になりながら、女を杖代わりにして歩き出した。

「あのなぁ……」

颯は十喜子に向き直った。

「ああいう時は大声で助けを求めるんや。その為に、近所づきあいしてるんちゃうんか？」

「近所に住んでるのは高齢者やし、巻き込みたなかった」

いや、咄嗟に大きな声が出せなかったのだ。

颯は腰をかがめ、嵐を地面に下ろす。

「おかん、俺より近所の人の方がアテになる言うてたけど……。そんな年寄りばっかりやったら頼られへんやないか。意味ないわ」

「颯……」

十喜子はエプロンの裾をぎゅっと掴んだ。

「何？」

「ありがとうな。助かった」

はっと十喜子を見た後、颯は気まずそうに顔を伏せた。

「別に。当たり前の事をしただけやし」

そして、肩をすくめた。

八

夜の十時を回った町は、人通りも少なくなる。

南海本線の高架に沿って北へと歩き、途中で西側へ抜けると、住吉公園の黒々とした木が目に飛び込んでくる。

その公園沿いの道を行くと、商店街の入り口に自然と吸い込まれる。

この時間、アーケードの中は家路を急ぐ人達が歩くだけで、明かりを落とした店がほとんどだ。お酒を出す店はあるものの、そう遅くまで開けてはいない。

薄暗いアーケード街を、十喜子は一人で歩く。

やがて、豆腐屋の店先が見え、その向こう側に、元は「純喫茶ジェイジェイ」の看板がかかっていた金具を認める。

その前に立つ。

元の間取りを生かすとしたら、店頭で焼いて、イートインはカウンターにするのが現実的だ。

それは構わない。

だが、立地や客層を考えてみても、この広さに見合うだけの店を切り回そうとすれば、余程上手(うま)くやらない限りは赤字だろう。

たこ焼き屋は誰にでも簡単にできるし、一坪から始められるから、素人でも始めやすい商売だ。そして、実際に商店街にはたこ焼きを売る店が幾つかあり、そこではお好み焼きや焼きそばもテイクアウトできる。いや、商店街まで来なくとも、駅構内にはチェーン展開している有名たこ焼き店もある。

ここで商売をするなら、余程の特徴を出さない限り、客を呼び寄せるのは難しいだろう。

何を売りにする？

これまで、十喜子はオーソドックスなたこ焼きにこだわってきた。チーズ焼きはあくまで気分転換のお遊びで、お金を出して食べてもらうつもりで作っていない。

——商店街の中には、ケーキを売る店がないんですね。

香織の言葉が浮かんできた。

そうなのだ。

コロッケや惣菜（そうざい）、夕飯のおかずになりそうなものは幾らでも売られているのに、三時のおやつに摘めるような、或いはお土産（みやげ）に持参できるような洒落（しゃれ）たお菓子は売っていない。

——手伝うって……。香織さんの専門はスイーツやないの。お菓子みたいな、甘いたこ焼きでも出すつもりなんやろか……。

そこまで考えて、はたと気付いた。

「甘いたこ焼きってどうやろ……」

九

帰宅すると、嵐は寝入った後で、颯が一人でハイボールを呷っていた。

「おつまみが欲しい気分なんやけど」

勝手な事を言うと思いながら、冷蔵庫を覗く。

「うどんしかない」

「それでええ」と返ってきたから、十喜子は台所へ入りエプロンを締める。

冷凍庫にうどんと少量の豚こま肉が残っていた。次に野菜室を覗き、キャベツに長葱、人参を取り出す。

豚こまを電子レンジで解凍している間に、キャベツをざく切りにし、長葱は細切りにした。人参は薄めの短冊切りだ。

フライパンをコンロにかけた後、サラダ油を入れて熱し、まずは豚肉を炒める。塩こしょうしたら野菜を入れ、火を弱める。野菜のしゃきしゃきとした歯ごたえを残すように火加減を調節するのがコツだ。

野菜がしんなりしたら、顆粒の和風出汁と酒、醬油を加える。フライパンがじゅっと音を立て、ふわりと食欲をそそる香りが広がった。すかさずうどんを入れ、さっと炒めて火からおろす。

後は皿に焼きうどんを盛り付け、鰹節を振りかければ出来上がりだったが、ふと思いついて、キャラクターの絵が描かれた皿に盛り付け、プラスチックの持ち手がついた幼児用のフォークで出してやる。嵐の為に買ったものだ。

「懐かしいなぁ。おかんの味や。どんだけ食欲がない時でも、これだけは食べられたんや」

酔っているのか、子供用の食器で出されたのに気付いていない。

「こんな夜中に何処へ行ってたんや？　表に看板かけてある……『地域の暮らし見守り隊』の見回りか？　人の世話するのもええけど、そろそろ自分の事も考えた方がええんとちゃうん」

フォークでうどんを手繰りながら、憎まれ口を叩く。

これが、長年一緒に暮らした息子の言葉なら、自然に聞き流しただろう。あぁ、自分は年を取ったのだ。代わりに、息子が逞しく成長してくれた。これからは息子を頼って生きようと。

「そやない。ちょっと考え事したかったんや……」

エプロンの中で、スマホが鳴った。

「ジェイジェイ」からの帰りに送ったメールに、香織はすぐに返信をくれていた。その文面を読むうちに、十喜子の胸にぽっと火が点った。

「今度、試しに甘いたこ焼きを出そうかと考えてる」

「甘いたこ焼き？　気持ち悪っ。たこ焼きは醬油味かソース味やろ」

「私も、ずっとそう思てた。たこ焼きは昔ながらの味が一番やて……」

だが、実際に「昔ながらのたこ焼き」という味で売っている店も、今の若い人の好みに合うように工夫している。十喜子が子供の頃に食べていたたこ焼きは、生地がもっと固かったが、ハンバーガーで育った世代は、柔らかめの食感を好むのだ。だから、進が決めた味も十喜子なりに改良し、更新して行っている。

「お母ちゃんの知り合いに、『北浜ロール』を発明した人がおるんや。その人は今、レストランのメニューを考えるような仕事をしてるんやけど……」

香織からのメールを見せながら、颯に説明する。

「たこ焼き器で作れる甘いお菓子を教えてくれた。ホットケーキミックスを使ったベビーカステラ、パン粉と牛乳でフレンチトースト、他にも一口チーズケーキとかゴマ団子ができそうやと言うてはる」

「それ、甘いたこ焼きやなくて、たこ焼き器を使ったお菓子やないけ」

「そうや。たこ焼きやない。たこ焼き屋で食べられるスイーツや。冷めても美味しいし、ちょっとした手土産にもできる」

パッケージを工夫すれば贈答品にするのも可能だ。

「今まで通り、普通のたこ焼きを楽しんでもろて、それとは別にお土産用のスイーツを販売するんや。こっちは開店前に作り置きしとけるから、営業中はたこ焼きに集中できるやろ?」

「そんなもん、売れるんかいな」

「さしあたっては、実験的に出してみる。もし、売れるようやったら、思い切るつもりや」

「思い切るって……」

フォークを止め、颯が十喜子を見た。

「お母ちゃんな。商店街に店を出そうと思うねん」

颯が息を呑んだのを見て、間髪入れずに言う。

「あんた。やってみいひんか?」

「え?」

「心を入れ替えて、ここで根を張って生きて行く。そない考えてくれてるんやったら、あんたに店を任せようと思う」

「俺の事、信用でけへんのとちゃうんか?」

颯は肩をすくめると、拗ねたように残りの焼きうどんをかき込み始めた。

「おかんだけとちゃう。皆、そうや。俺の事がよう分からへん。アイツにも、そない言われた……」

「アイツ……て?」

「誰でもええやんけ」

煩そうに顔をしかめる。

アイツとは、嵐の母親の事を言ってるのだろうか？　もし、そうだとしたら、十喜子にはその女性の気持ちがよく分かった。

颯は進と同じで、外面はいいのに無責任な男なのだ。組織や人の中にいながら、常に逃げる機会を窺っているようなところまでそっくりだ。

進は自分の弱さや無責任さを許してくれる相手として、十喜子を選んだ。

（進ちゃんは、私と結婚するって言うてくれたんよ）

（奥さん、お願いやから別れて下さい）

そんな風に迫る女達に、「そんなに欲しかったら、どうぞ持って行って下さい」と言いたかった。だが、女達が押しかけてきて十喜子が家を出て行こうとする度に、進は「俺には十喜子しかおらん。他の誰とも結婚せえへん」と縋った。

颯は見つけそこなったのだ。

十喜子のような女、母親代わりになってくれる女を。

「信用というのはな、積み重ねて勝ち取るもんなんや。昨日、今日で出来上がるもんやない。颯、信用して欲しいと思うんやったら、あんたの誠意を見せて」

「誠意というのは、俺が店をやる事なんか？」

「それだけやない。店をオープンさせた後も長く続ける事や」

ずるずると、うどんをすする音が響く。

「居抜きの物件やから、一から揃えなあかんことはない。せやけど、それなりに手を入れんとあかんし、お金は借りんとあかん」

「保証人はどないすんねん？」

「商店街の人らが……、辰巳さんがなってくれるはずや。責任重大やで。覚悟がいる」

「……そうか」

颯は俯いた。

「今すぐ、回答せんでもええ。人を巻き込む事になるんやから、よう考えてな」

十喜子は立ち上がると、階段を上った。

「あぁ、電気は消さんといてや。夜中に誰か訪ねてくるかもしれへんから」

だが、返事はなかった。

決意のベビーカステラ

一

「今日はベビーカステラを作ります。しっかり甘くするのがコツなんですよ」

ふるった薄力粉とベーキングパウダーに、香織は卵を割りほぐし、牛乳、砂糖、はちみつの順に混ぜて行く。溶かしたバターとバニラエッセンスがボウルに落とされるのを、十喜子は真剣な面持ちで見ていた。

「そして、隠し味にみりんを入れます。焦げやすいんで、できるだけ低温で焼いて下さいね」

あらかじめ温めてあるホットプレートのたこ焼き器に油を引くと、香織はスプーンで穴の一つずつに生地を流し込んで行く。十喜子がたこ焼きを作る時にやるように、柄杓(ひしゃく)で全体にざーっと流し入れるのでなく、穴に八分目ぐらいの量に抑えている。

生地に火が通るにつれ、辺りにはいつもと違う匂(にお)いが漂い始めた。

「あら、半分だけしか使わへんの？」

ホットプレートの片側は空だった。

香織は「ふふ」と微笑(ほほえ)むと、暫(しばら)く時間を置いた後で、残りの半分にもスプーンで生地を注いでゆく。こちらは、先に流し込んだのより、さらに分量が少ない。

全(すべ)ての穴に生地を注ぎ終えると、今度は先に焼いた方を取り出し、後から流し入れた生地の上に一つずつ被せた。雪だるま状に重なった二つの半球は、その繋ぎ目をならすように焼かれた。

「私は十喜子さんのように、ひっくり返す技術がないから」

そうやって焼き上げられたベビーカステラを皿に移すと、仕上げに粉砂糖をふりかけた。

「うわぁ、ええ匂い」

十喜子はうっとりと甘い香りを嗅ぐ。

たこ焼き用ホットプレートで焼いたお菓子の完成だ。

その時、玄関ががらがらと開かれる音がした。颯が帰ってきたようだ。

「えらい早いやん」

高校時代の友人を訪ねると言っていたから、てっきり帰りは遅くなるものだと思い込んでいた。

「晩御飯、何がええ？」

香織がいるのに気付き、颯は足を止めた。

「……簡単なもんでええ」

颯は言いつけ通り、長袖のヨットパーカーを着ていた。そろそろ暑くなる季節だが、「出歩く時は、袖のある服を着るように」と言い含めてある。「同居させてもらっていた彫り物師の実験台にされただけで、ただのファッションだ」と言っていたが、ほとんどの人は刺青を見ると良からぬ事を連想するのだ。

「あ、これがうちの不良息子」と、香織に紹介する。

「こちらは料理研究家の大平さん。今日は、うちで新しく出すメニューを教えてもらってる」

颯が如才無く「母がお世話になってます」と挨拶するのを見て、「よしよし」と頷く。

「おかんの知り合いに、こんな美人がおったん、知らんかったわ」

十喜子は「余計な事を言うな」とばかりに颯を睨みつけたが、颯は遠慮なく香織をじろじろと眺めまわす。嫌がるかと思ったら、意外な事に香織は頬を赤らめ、恥ずかしそうにしている。

「そんな……。私の方こそ、お母さんのお世話になって……」

さっさと颯を二階に上げたいのに、そんな気持ちも知らず、香織は「お母さんは、私の恩人です」と、十喜子と知り合った経緯を説明し始めた。

あれから佑人は、母親に無断で十喜子の店を訪れる事はなくなった。たまに香織と一緒にたこ焼きを買い求めに来る事はあるが、自宅では母親が作った夕飯を食べ、以前より落ち着いていると聞く。

元の夫とも連絡を取り合い、月に一度は三人で会うと取り決めたとも言っていた。そのせいかどうか、香織も初めて会った時の険しさはなくなり、髪も清々しいショートボブにし、服装もTシャツにデニム地のロングスカートとイメチェンしていた。以前のフェミニンなスタイルは別れた夫の好みなのだと笑った。その若々しいスタイルは、かえって香織の清楚な外見を引き立てていた。

二人が喋っている間、十喜子はベビーカステラをフォークで突き刺して口に放り込む。

――うわぁ、ふわふわ。

少し甘過ぎると感じた。

「香織さん。ここまで甘いのん、どうかと思うけど……」

だが、十喜子の問いかけに気付かないのか、香織はにこにこと笑顔で颯と会話している。

「ちょっと、ええ？」

わざと割り込むように強い口調で言うと、香織は一瞬、驚いた顔をしたが、すぐに笑みを浮かべながら、冷蔵庫から生クリームとチョコのソースを取り出してきた。

「まず、こちらの生チョコレートのソースをつけて召し上がってみて下さい」

「甘いお菓子やのに、さらに甘いチョコレートをつけるん？」

「お試し下さい」

甘いものは嫌いではないが、特に好きな訳でもない。恐る恐るプラスチック容器に入ったチョコレートにベビーカステラを浸す。

「ん！　甘さが控えめになって、ちょうどええ感じ」

チョコレートはビターな味わいで、甘いベビーカステラによく合う。一方、生クリームも甘さ控えめで、滑らかな食感がベビーカステラを包み、絶妙な味わいだった。

香織はスマホを操作して、呼び出した画面を十喜子に見せた。

「実はですね、東京にベビーカステラの専門店があるんです。これはその店の食べ方なんです」

その店舗のホームページには、たこ焼き器のように丸い穴がくり抜かれた専用の器材で、ベビーカステラを焼いている写真が掲載されている。

「店頭で焼きながら、別に持ち帰り用も用意しているんです。ただ、生クリームと生チョコ付きは持ち帰りではなく、その場で食べる事を勧められます」

画面をスクロールすると、箱の中にベビーカステラが幾つかと、チョコソースのカップが入っている写真が現われた。

「いやぁ、通販までやってるやん」

驚くことばかりだった。

ベビーカステラは昔からある素朴なお菓子で、一口ずつ摘んで食べられる気軽さが魅力だ。ただ、焼きたては美味しいものの、時間が経って冷たくなると、もっちりと固くなってしまう。

「この店のオーナーは元々、大阪でパティシエをしてらしたんです。私も知ってる方です」

「へぇ、大阪でねぇ……」

自分のスマホを起動させ、店の名で検索すると動画がヒットした。

焼き上がったベビーカステラを、職人が千枚通しの先に引っかけて、華麗に飛ばしてゆくところが映し出された。まるでピンポンのように、真ん丸いカステラが小気味良く飛ぶ様子は、画面越しに見ても楽しかった。

「これは面白い。いかにも大阪人が考えそうな事やけど、さすがに同じようにはでけへんなぁ」

この店で使っているのは本格的なベビーカステラ焼成機で、生地を流し入れた後は蓋をすれば、自動的に丸く焼いてくれる。十喜子が使っているたこ焼き器とは似て非なる物だ。

「それに、ここまで綺麗に形を揃えられへんと思う」

自宅で摘むおやつであれば不揃いでもいいが、贈答品としては売りづらい。

「そうですね。たこ焼きと同じように生地を一面に流し込んでしまうと、膨らみ過ぎてしまいます。慣れるまでは、今、私がやったようにスプーンで生地の量を調節して、膨らんだ時に綺麗な丸い形になる量を見極めてもらうのがいいと思います」

そんな繊細な作業が必要だとしたら、やはり営業中に焼くのは難しい。

「店を開ける前に焼いといて、注文が入ったらすぐに渡せるように、あらかじめ袋詰めにしとくんがええと思う。持ち帰り専用や。これ、冷めても美味しいんよね？」

「はい。そういう風に粉の配合も考えてあります。ここのメインはたこ焼きですから、カステラは特別なメニューという位置づけでいいと思います」

「俺も味見してええ？」

いつの間にかテーブルを覗き込んでいた颯は、言うが早いかベビーカステラを指で摘み、口の中に放り込んだ。ハムスターのように頬を膨らませながら、カステラを咀嚼する颯は、目を閉じて気難し気な顔をして見せた。

「うーん。これをたこ焼きと一緒に売るんかと思うと、何か調子狂うけど……。美味いな。中に餡子とかレーズン入れてもええんとちゃう？」

「そんな難しい事、専用の器材がなかったら無理や」

あくまで、十喜子の手元にある道具で作るという前提で試作しているのだ。

香織が二種類のソースとベビーカステラを颯の前に置く。「あ、どうも」と言いながら、颯は二つ目のカステラを摘み、生クリームに浸す。

「せやけど、どうせ新しい店を出すんやったら、道具を買い足さんとあかんやんけ。……お、うまっ！」

生クリームに浸したカステラを口に入れた颯は、目を丸くしながら指についたクリームを舐めとっている。

「たこ焼きより、こっちを本格的に売った方がええんとちゃうんか。たこ焼き器を下取りに出したら、カステラを焼く器械もちょっとは安してくれるやろ」

「あほ。こんなぼろいたこ焼き器、逆に引き取るのに手数料がかかるて言われるわ」

「おかん。リサイクル屋は手数料を取って処分する振りをして、誰(だれ)かに売り付けるんやで」

　自分が金を出す訳でもないからか、颯は気楽な事を言う。

「商売はやたらと手を広げるもんとちゃう。まずはお客さんの反応を見てからや」

　特にこんな小さい店は、一つ失敗したら一気に傾いてしまう。

「おもんないなあ。完全に守りの姿勢やないけ。もっと攻めて行かんと」

「あんたがお金を出してくれるんか？　ポンと。一千万くらい」

「一千万？　俺が欲しいぐらいや」

「ほんなら、無責任な事を言いなさんな」

「でも、中に餡子やレーズンを入れるのは面白いアイデアですね」

　香織の加勢に、颯は「な、せやろ？」とご満悦だ。

「ただ、当面はプレーンで綺麗に丸く焼く練習をした方が良いと思います。餡子やレーズンを入れるアイデアは、将来の楽しみにとっておきましょう」

　香織は話を上手(うま)く軌道修正してくれた。

「今日はビターチョコと生クリームをご用意しましたが、メープルシロップをかけても美味しいんですよ」

「トッピングで顔を描くのとかどうやろ。ほら、キャラ弁みたいに」

「……あれ、意外と難しいんですよ」

目鼻の位置が少しずれただけで、全く別物になってしまうから、かなりの器用さが求められるのだとか。

「あかん、あかん。おかんは大雑把やから、別のキャラになってまうわ。それより、焼き印を押すのはどうや？」

颯は三個目のカステラを、チョコソースに浸していた。

「それはいいですね。オーダーメイドで作ってもらっても、そんなに値段が張るものではないですし、何より再現性が高いです」

その時、何処からか「ふにゃ〜っ」と猫のような声が聞こえてきた。

「嵐が起きたみたいやね」

後を颯に任せて、二階へと行く。

颯と嵐が寝起きしている部屋を覗くと、掛布団の中でごそごそと手足が動いている。

「起っきしたの？」

寝返りを打つと、嵐は掛布団の端から笑顔を見せた。十喜子が「ばぁー」と言うと、きやっきゃっと笑う。愛らしい表情と仕草に、思わずぎゅっと抱き寄せていた。

「ええ子やねぇ。一人で起きて、一人で機嫌よう遊んで……」

昼寝から目覚めた時、傍に母親がいないと大泣きした颯とは大違いだ。

「今日のおやつは、美味しいベビーカステラやで。嵐も食べるか？」

嵐は「うーうー」と言いながら、起き上がった。

その様子を見ながら、嬉しいような、愛おしいような感情が湧き上がる。

ただ、一歳半という年齢を考えると、嵐は言葉が少ない。特に発育が遅れているような様子はないが、なかなか言葉が出てこないのが気になった。

「ひまわり」のママに言うと、「そのうち煩いぐらい喋るようになるわ」と笑われたが、心配なものは心配なのだ。

子供は母親と会話をしながら、言葉を覚えて行く。無口な母親に育てられると、子供の言葉も増えない。もしかしたら、これまでろくに面倒を見てもらわないまま大きくなったのではないか？　心配性と言われようと、ついそんな疑いが頭をもたげてしまう。

（颯くんに商店街の店を任せて、あんさんは家で孫の面倒を見ながら、これまで通りたこ焼きを売る。それで丸く収まるやないか）

辰巳の言葉が思い浮かび、慌てて首を振る。

——あかん。このまま嵐の母親の事をうやむやにしてしまうのは、やっぱりあかん……。

「息子さん、楽しい人じゃないですか。驚きました」

駅まで見送りがてら、夕飯の買い出しに行く事にした。並んで歩いていた香織の顔が、心なしか上気していた。

十喜子が二階で嵐の世話をしている間に、階下からは香織の笑い声が聞こえていた。どうせ、颯が調子のいい事を言っていたのだろう。

「あの子の話は聞き流して下さいよ。父親に似て、外面だけはええんです」

子持ちとは言え、香織も一応は独身。しかも、三十代半ばの女盛りだ。今は女性の方が年上というのも珍しくないから、二十八歳の颯は恋愛や結婚相手の対象に入ってくる。

香織は嬉しそうに続ける。

「東京にお住まいだったんですってね。バイトで入った店のシェフに気に入られて、最初はフレンチの店で働いて、次はイタリアンの店で修業をして、仕事場が変わると新宿から渋谷に住まいを移したって……」

「へぇ」

初めて聞く話だ。

「聞いてなかったんですか？」

「あ、ううん。そこまで詳しく聞いてへんかっただけで……」

さすがに、「初めて聞いた」とは言いたくなかった。

「他所の人には愛想ええけど、家ではいっこも喋らん子で……口が重いねん」

「誰だって十年間の事を一度に喋るのは難しいと思いますよ。颯くん、きっと十喜子さんにもそのうち話してくれますよ」

香織に気付かれないように、「はぁっ」とため息をついた。

――『颯くん』ねぇ……。

帰り際、玄関まで出てきた颯は「香織ちゃん。ばいばい。また来てな」と、初めて会った相手を「ちゃん」付けで呼んでいた。その上、この十年、何処で何をしていたのかも、初対面の香織にはぺらぺらと喋ったようだ。十喜子がいくら尋ねても、のらりくらりとかわしていたくせに。

――変なとこばっかり、父親に似てるわ。

「ほんまに東京におったんかどうか、私は疑うてるんです」

口をついて出たのは、紛う方なき十喜子の本音だ。

芸能人になりたいというぐらいだから、普通に考えたら東京に行くはずだ。だが、高校を辞めて家を出たものの、彫り物師の世話になってその真似事をしたり、しまいには悪い仲間と組んで寸借詐欺を働いたりと、ただの小悪党になっただけだ。

それとも、その最中に食べ物屋で真面目に修業していた時期があったとでもいうのか？

「だいたい、東京に行ってたと言う割りには大阪弁丸出しやないですか。レストランで何をしてたんかは知らんけど、接客もしてたと考えたら、標準語で喋るように指導を受けるはずでしょ？　ううん。普通、十年も東京に住んでたら喋り方も変わるはずやわ」

それにも拘わらず、颯の喋り方は、高校時代から変わっていない。

「考えすぎですよ。十喜子さんの代わりにお店に立つぐらいですから、やっぱり食べ物関係のお仕事をされてたんじゃありませんか？　じゃあ私はここで。また、何かあったら呼んで下さいね」

「あ、ちょっと待って……。ほんまに少なくて失礼なんやけど」

バッグに手を入れ、中から封筒に包んだ謝礼を取り出す。

「困ります。そんなつもりじゃなかったし……」

戸惑ったかのように、香織は身体を後ろに引く。

「佑人の事では随分とお世話になったから、そのお返しのつもりなんです。どうぞお気遣いなく」

そして、ICカードをかざして、逃げるように改札口を通って行った。

長いスカートの裾を翻しながら駆けて行く後ろ姿を見ながら、香織が岸本家に嫁入りする将来をぼんやりと想像してみたが、すぐに馬鹿馬鹿しくなった。

颯はもう高校生の男の子ではなく、父親なのだ。親の手の中にいる年頃は、とっくに終わっている。

仮に颯と香織の仲が進展したとして、二人とも大人なのだ。母親とは言え、自分がしゃしゃり出て邪魔をする理由などはない。

もし、颯がずっと十喜子の傍に居たとしたら、こんな風に付き合っている女性の存在にやきもきしたり、気を回す羽目になっていたのだろうか？

改めて、失われた十年間に思いを馳せる。

――あの子が高校辞めてまでやりたかった事って、何なんやろ……。

中学生になった頃から、颯がしょっちゅう聴いていた曲の歌詞を思い浮かべる。体中に刺青を入れた三人組で、女の子のような甲高い声でヒステリックに、それでいて甘えたような口調で歌っていた。

行くあてはないけど　ここには居たくない
イライラしてくるぜ　あの街ときたら
幸せになるのさ　誰も知らない　知らないやりかたで

颯が生まれた年にデビューしたバンドの曲を、進もカラオケで好んで歌っていた。「これがホンマもんの音楽や」と騒いでいたが、十喜子には何がいいのか分からなかった。だが、男二人が家の中でBGMがわりにしたり、風呂で歌うのだから嫌でも耳に入ってくる。
そして、その歌のサビの歌詞だけは、やけに鮮明に覚えている。
――上手い事を言うなぁ……。誰も知らんやり方で、幸せになるって。
大人の価値観に染まりたくない。そんな若い世代の胸を鷲摑みにするような言葉だ。
十喜子が考えるような生き方は、颯には退屈なのだろうか？　だとしたら、商店街に店を持たせたところで、飽きたら放り出すに決まっている。
反面、何処かで期待していた。この十年、親にも言えないような苦労をし、本当に真っ当に生きるつもりで戻ってきたのではないかと。

買物を済ませ、ぶらぶらと家路をたどる。その途中「キッチン住吉」の店先に、シルバーカーが置かれているのが見えた。

「こんにちは」

扉を押し、店内を覗く。

案の定、テーブル席に座ったタヅ子が、夜の仕込みを始めている佳代を眺めていた。テーブルの上には、自分で買ったらしいペットボトルのお茶が置かれている。

本来は営業時間ではないが、日に日に陽射しが強くなる今日この頃、タヅ子は十喜子の店先ではなく、クーラーの利いた「キッチン住吉」に立ち寄って時間を潰していると聞く。

「あかんよ。時間外にお邪魔したら」

そう注意すると、タヅ子は殊勝に「うん」と頷くのだが、翌日にはすっかり忘れているのか、準備中の「キッチン住吉」で姿を見かける。そして、今日は返事すらしない。

「浦田さん。聞こえんふりしても無駄やよ。こんな時間に入ったら、他のお客さんに示しがつかへんし、佳代ちゃんが迷惑なんよ」

佳代は口元に笑みを浮かべると、淡々と野菜を刻み始めた。

カウンター上のボウルには、水で戻した切り干し大根が入っている。今から野菜や薄揚げと共に煮込んだ後、冷蔵庫で冷たく冷やし――。

想像しただけで、口の中に唾が湧いてきた。「うちに材料あったかいなぁ」と考えていると、ふいにタヅ子に腕を摑まれた。

「進ちゃん、戻ってきたんやなぁ」

歯のない口を開け、嬉しそうにしている。

「相変わらず男前で、ちっとも年を取ってへん」

三年前に進が亡くなった事は伝えてあるから、若い頃の進に似た颯を見て、また記憶が混濁しているのだろう。

「あぁ、あれは颯ですよ」

「あほ言いないな。颯くんはまだ小学生やろ？　進ちゃんは優しいなぁ。『おばちゃん、久し振り。元気か？』て言うてくれた」

常日頃から涙ぐんでいるように見える目が、いつにも増して潤んでいる。

——ほんまに、颯一人が帰ってきたせいで、どいつもこいつも……。こっちは振り回されてるというのに……。

辰巳は新規開店しろと言ってくるし、女達は意味もなく喜ぶし、十喜子自身の生活も引っかきまわされている。ここ数日、「地域の暮らし見守り隊」の仕事も、町内のパトロールもできていない。

「十喜子ちゃん。もう離したらあかんで。ええか」とタヅ子はぎゅっと十喜子の腕を握った。

「油断したら、また連れて行かれるで」

「連れて行かれるって……」

「見たんや。物陰から、十喜子ちゃんの家をじっと見とった人がおるのを……」

普段であれば「また、タヅ子の妄想が始まった」と相手にしないのだが、ぎくりとした。

「浦田さん。それ、どんな人やった？」

「帽子かぶって、サングラスとマスクをした、体格のええ男の人や。顔は見てへん。私が近づく前にはどっかへ行ってしもてた」

体格のいい男？

「顔を隠してたんよね？　服は？」

「ダウンタウンウキウキバンドみたいな恰好」

ブギウギバンドと言いたいらしい。

「……昔の宇崎竜童みたいな、ツナギやね」

要するに、あまり風体の良くない人間が十喜子の家の近くにいたのだ。

とは言え、自宅は店も兼ねているから、通りすがりの人間が目を止める事はある。

――それ、ただの通行人やったらええけど……。

詳しく聞きたかったが、タヅ子はいきなり話題を変えた。

「佳代ちゃん。あんた、紅ショウガの天ぷら作れるか？」

「えぇー？　何ですかそれ」

「知らんのかいなぁ。紅ショウガゆうたら……」

タヅ子の興味は食べ物の方へと逸れていった。それをきっかけに、十喜子も「ただの通行人。通行人。気にしたらあかん」と自分に言い聞かせた。

三

「ざっくばらんに聞きますけど、お十喜さん。なんぼほど用意できますねん？」

「ひまわり」のテーブルで向かい合った辰巳は、眼鏡をかけかえた後、ぐっと身を乗り出した。

「親が残してくれたお金が三百万ほどあります」

だが、それだけでは、とてもじゃないが開店資金にはならない。

居抜きとは言え、そのままでは使えない。カウンターは板を張って使わせてもらうとしても、古い設備を取り替えたり、たこ焼き屋特有の熱気を防ぐ為に大型のエアコンも必要だ。

辰巳は眉を曇らせながら腕組みし、何かを考えるような表情をした。

「失礼を承知で聞くけど、この三百万は全財産か？」

「私の葬式代として、別に百万円ほど蓄えがあります。あとは、私が六十歳になった時に満期になるカンポから、幾らか借り入れられると思いますけど……」

「あかん、あかん。そっちは蓄えとして残しときなはれ。よろしおす。親御さんの遺産の三百万、そこにワタイが百万貸しまひょ。月々、分割で返してもろたらよろしい。もちろん、利子もとりまへん。後はどっかで二百万借りたら六百万になる。これで何とかなりまっしゃろ」

「いやっ、それはあかんわ。私が気ぃ遣う」

「何を言うてますのや。お十喜さんの息子やったら、私にとったら孫も同然」

ぽんと無利子で百万を出すぐらい颯に入れ込んでいるのかと、今さらながら呆れる。

「お金を借りるんやったら、銀行よりは貸出金利が安い金融公庫がええと思いますで」

「はぁ……」

つい、気のない返事をしてしまう。

香織とアイデアを出し合って新商品を試作しているうちは楽しかったが、いざ話が具体的になると、急に不安が込み上げてきた。

「どないしたんや？　お十喜さん。ワタイが考えた計画に何か不満でも？」

「違うんです」

慌てて手を振った。

「肝心の颯から、まだちゃんとした返事をもらってないんです。それに、新商品も売れるかどうか分からへんし、もうちょっと考えさして下さい」

そこまで肩入れされているのであれば、まずは本人にもしっかり自覚してもらわなければならない。

「何を呑気（のんき）な事を……。帰ったら、もう一度しっかり話し合うて、颯くんの意志を確認しなはれ。いや、確認やあらへん。説得するんでっせ。辰巳商店のおっちゃんが全面的にバックアップしてくれるさかいと言うて」

辰巳が経営する「食品日用雑貨のタツミ」は、元の屋号を「辰巳商店」と言い、颯が子供の頃にはまだ今の名前になっていなかった。今でも「辰巳商店」と呼ぶ年寄りがいるぐらいだ。

「孫もおるんやから、お十喜さんもますます気張らんとあかんで」

もう苦笑する他なかった。

「もし……、仮に店をやるとしたら、安くあげるコツとかあるんですか？」

こうなったら、商店街の小さな荒物屋を、自分の代で二号店を出すぐらいの店に成長させた辰巳の手腕を拝聴しようと決めた。

「何もかも業者任せにせんと、リサイクル品やリースを上手いこと使うたり、塗装とかは自分でやるとか……。コップや食器も、出入りの業者が開店記念に持って来てくれます。あとは、欲しいもんリストを作って、『お祝いしたい』と言うてくる人に用意してもらうとか。宣伝も大掛かりな事せんと、店の前に開店日を書いとくだけでよろしい。工事してたら、それだけで興味を持つ人がおります。ざっとこんなもんかいなぁ。こういう細かい事で、意外と節約になりますのや」

「そうやねぇ。内装にお金かけても、たこ焼き屋の壁なんか、どうせすぐ汚れるしねぇ」

「ただし。食べ物屋は清潔感が命やさかい、そこは妥協したらあきまへん。颯くんの友達に、塗装屋に勤めてる子とかおらへんのんか？　そういう子を頼るのも手ぇやで。タダでやってもらう代わりに、作業する日は昼御飯と晩御飯を用意したげるとか」

進が今の店舗を開店させた時には、表の壁を壊して店舗を建て増すといった大枠はプロに任せたものの、外装や細かい部分は自作していた。器用な進はホームセンターでベニヤ板や角材を切ってもらい、適当な材料を組み合わせて体裁良く店を作って行った。

「せやったなぁ。進ちゃんには工作の才能があった。颯くんはそんな血を受け継いでへんのか？」

「子供の頃は、プラモデルを作ってたと思うけど……」

成績は平凡で、教師が褒めてくれるといえば図画工作と家庭科ぐらいだったのを覚えている。他に褒めるところがないからか、「明るくて、皆の人気者です」とお茶を濁された事もあった。

「それにしても嬉しいなぁ。子供の世代が戻ってきて、商店街を活性化してくれる。ワタイがずっと夢見てた事です」

そして、眼鏡を外して、目頭を拭った。

頃合いとみて、香織の手ほどきで焼いたベビーカステラを差し出す。

「これが、今言うてた新商品。香織さんに手伝うてもらいました。どうぞ召し上がって下さい」

ルックバッグという窓付きの紙袋を使って、レースペーパーとリボンで香織が体裁よくラッピングしてくれた。

袋は耐油耐水紙を使用している上、内側にはＰＰフィルムが貼られているので、油を使った料理やスイーツの包装に使えるのだと言う。

「いやぁ、かいらしい。さすが、帝塚山のマダムはセンスがええわね」

目ざとく近づいてきたママに、辰巳がコーヒーのお代わりを注文する。カウンターにコーヒーを淹れに戻ったママは、三人分のコーヒーを運んできて、ちゃっかり自分もテーブルに座った。

「へぇ、ベビーカステラって、冷えたら固うなってもっちゃりした食感になるけど、これはふわふわのままで美味しいわねぇ」

ママが用意してくれた皿に載せたベビーカステラは、瞬く間に皆の口に放り込まれる。

「粉の配合を工夫してるんだそうです」

「カステラいうたら、私、やおやカステラが好きやった。うちのお母ちゃんなんか『やおや、やおや』言うて……。大番頭はん、あれって今でもあるんやろか?」

野菜の形に焼き上げた一口カステラの事だ。

「ちゃんとおまっせ。うちでも扱うてます」

今風のクッキーやマフィンに押されて隅に追いやられているが、根強いファンがいるのだと言う。

「あれって昔は量り売りやったような気がするねん。こんなスコップみたいなんで掬ってな。たんまに粉がダマになってるのがあって、食べてると口の中がざらついたり……。さすがに今は、きっちり品質管理してはるやろけど」

「カステラの量り売りって……。ママ、年がバレまっせ」

「私は十八から年をとってません。今でも人に年を聞かれたら、十八歳やと答えてます」

ママは真っ赤な口紅を塗った口を大きく開け、アハハと笑う。

「十八の人は、そんな喉(のど)ちんこが見えるような笑い方しませんで」

辰巳は大量の砂糖をコーヒーに入れ、ミルクまで注いでかき混ぜる。

「あーあー、そんな事したら、せっかくのコーヒーがわやになるわ。最初っからカフェオレを頼んでぇな」

「ええんです。私はこうして飲むのが好きなんです。あっまーいミルクコーヒーに、あっまーいベビーカステラ。合いまっしゃろ？」

「そうぉ？　私は紅茶か日本茶で食べたいけど。あ、いらっしゃーい」

立ち上がりかけたママが、「颯くん？」と呟(つぶや)くのに、十喜子は顔を上げた。

嵐を連れた颯が、入口付近に立っていた。

驚いた事に、「キッチン住吉」の佳代も一緒だった。

「いやぁ、ありがとう。来てくれて。お母さんも来てはるよ。ほら、入って、入って。……あ、佳代ちゃんもおったん？」

小走りで駆け寄ったママは、颯の手を引くようにして十喜子達が座るテーブルへと連れてきた。一方、ついでのように扱われ、入口付近に放っておかれている佳代は、苦笑いをしている。

「すみません。ここでスイーツの試食会をするからって、息子さんに誘われて……。お邪魔でしたら、退散します」とおどけて言う。

「ううん。ちょうど良かった。佳代ちゃんの意見も聞きたかってん」

佳代を呼び寄せながら、秘かに舌打ちしていた。何時の間に親しくなっていたのかと。

――佳代ちゃん、真面目な分、一途そうやからなぁ……。

もちろん、本当だったら息子の嫁にしたいぐらいの女性なのだが、颯のような男と一緒になると言われたら、向こうのご両親は仰天するだろう。

十喜子の気も知らず、颯と佳代は仲良くカステラを試食している。若い二人の様子に、辰巳はご満悦だ。今にも「夫婦になったらええのになぁ」と言い出しそうではらはらする。

帰り際、ママに「十喜子ちゃん、ちょっと……。持って帰って欲しいもんがあるねん」と呼び止められた。

颯と佳代は既に表に出ていた。

「はい。業務用のマーガリン」

缶のまま、ぽんと渡される。

「それから、眉間の皺」

おでこをちょこんと押される。

渡された手鏡を覗くと、険しい縦皺を眉毛の間に刻んだ女の顔が現われた。

「あ……」

「颯くんはまだ若いんやし、あの見た目やから、女が寄ってくるのはしょうがない。それから、十喜子ちゃんが考えてるほど、佳代ちゃんはウブでもないわよ。しっかりしたはる」

何もかもお見通しだった。

四

その翌朝——。

十喜子は香織に教えてもらった配合で材料を溶き、ホットプレートでなく、店のたこ焼き器で試作して行く。ホットプレートでは数が作れないし、いずれは客の目の前で焼き、出来たてを食べられるようにしたかった。

分量を間違えると膨らみ過ぎて大変な事になるので、注意深くスプーンで生地を流し入れる。これも慣れたら、たこ焼きのようにざーっと全体に生地を流し、丸められるようにしたい。

思いついて、小さなチーズの欠片（かけら）を入れたものをこさえた。実は、チーズははちみつに合うのだ。香織の作業を見ていた時から、試してみたいと考えていた。

「……ん、美味っ」

あつあつのチーズカステラを噛みしだくと、ぱふっという食感の甘い生地の中から、塩辛いチーズが溶けだしてくる。

起きてきた颯の為に、別に紅茶も用意した。

「おかん。俺、口の中からカステラが出てきそうや」

そう言って、颯はテーブルに置かれたベビーカステラに目を落とす。

「まぁ、そない言わんと。あ、このカステラにはメープルシロップをかけて」

「はちみつ入ってるのに、そこにシロップか?」

文句を言いながらも、颯は皿に盛り上げたチーズカステラをシロップに浸し、口に入れる。

「うわっ、何これ?　めちゃくちゃ美味いやん!」

今度はシロップをかけ、続けて二個、三個と食べる。皿の中身は、瞬く間に颯の口の中に消えて行く。

「問題は冷えた時やな。あつあつの時と同じように美味しいかどうか……」

「チンしてもろたらええんとちゃうんか?」

「それやったら、デパ地下のお惣菜みたいに、温め方とか時間を書いた紙を用意した方がええなぁ。その前に、いっぺん私らで実験せんとあかんね。冷えても美味しいかどうかとか……。今すぐには……無理やな」

やはり、香織が言うように最初はプレーンのベビーカステラを売り、試行錯誤を重ねて味を工夫するのが良さそうだ。

「そっちのはどないすんねん？」

颯が顎でしゃくって見せた先には、チーズが入っていないカステラが大量にバットに積み上げられている。

「たこ焼きを買ってくれたお客さんに、一人一個ずつサービスするねん。新製品の宣伝を兼ねた試食やな」

「ほんなら、ポスターかのぼりで告知した方がええんちゃうんけ？　それから、焼き印のデザインも考えんと」

「何べんも言うてるけど、暫くはテスト期間。お客さんの反応が悪かったら、お蔵入りや。本格的に始めるのは、売れるかどうか分かってからにする」

「そんな弱気な売り方してたら、すぐに真似されて、他の店に先を越されるで。売る時は一気にぱーんと行って、ブランドを作ってしまうんや。この店が最初に始めたアイデアやゆうのを、はっきり打ち出さんとあかん」

確かにもっともな話だ。世の中には、香織のような仕事をしている人間が幾らでもいる。

そういう者であれば、このベビーカステラを試食しただけで、使われている材料や、その分量まで把握して、同じ物を再現してしまうだろう。

「うちだけの特色って何やろ？」

「キムチでもいれるか？」

颯が意地悪く笑う。

「あほ」

「とにかく、目立たんとあかん。おかん、いっぺん道頓堀を歩いてこいや。あそこには、『かに道楽』の動く蟹、『づぼらや』のふぐ提灯、くいだおれ人形に『金龍ラーメン』のでっかい龍もおる。串カツの『だるま』の会長そっくりの人形なんか、目玉が飛び出るんやで。そいつが店先に立って『いらっしゃい』言うねん。それを見て、通行人がゲタゲタ笑とる。おまけに、一千万円かけて六メートルもある、ごっつい顔の看板まで作りよった」

「ちょっと、ちょっと……」

とてもじゃないが、そんな予算は用意できない。

「ここは住吉大社の門前町や。落ち着いた町で、そんな派手な事はでけへんよ」

町に相応しい店の佇まいがある。

颯が腕組みをした。

「ほんなら、『りくろーおじさん』やな」

「りくろーおじさん」というのは、大阪ミナミにある「行列のできる店」で、焼き立てのチーズケーキが看板商品だ。チャーミングなコック帽のおじさんのイラストがトレードマークで、チーズケーキの焼き印や看板に使われている。

「この店の店長はおかんやろ？　おかんをモデルにゆるキャラをデザインしてもろて、焼き印、ディスプレイ、パッケージを作る」

「誰がゆるキャラやの。ええ加減にして」

「ゆるキャラが気に入らんかったら、『だるま』みたいな怖い顔した人形作るか？　電動式の、おかんそっくりの人形がたこ焼きを焼きよるねん」

「せやから、余分なお金がかかるて言うてるでしょうがっ！」

「金、金、金。二言目には金」

「先立つもんはお金なんよ。何をするにも、お金がかかるの」

「……それより、うちの店、ちゃんと店名はあるんか？」

「正式には『たこ焼きの岸本』やけど、近所の人らは『進ちゃんの店』って呼んでる」

「お、ええやんけ！」

颯は指をぱちんと鳴らした。

「そのまま『進ちゃんの店』て看板出して、『進ちゃん』のキャラを作るんや。アルバムにあったやろ？　若い頃のおとんの写真。こんな裾の広がったズボン穿いたり、趣味の悪いアロハシャツ着て粋がってたやつ」

何処で買ってくるのか、進はよく舞台衣装のような服を着ていた。

「あの写真を等身大に引き伸ばして、そのまま看板にしたらええんや。それやったら、大して金もかからんし、他の店も真似でけへん。だいたい、おとん自身がおもろい奴やったし……」

十喜子は呆れた。

そういう父親を誰よりも毛嫌いしていたのが颯だったのだ。

「あんた。お父ちゃんの事、恥ずかしい言うてたやない」

「子供の頃はな。せやけど、今は俺も大人になったし、アイツもおらん。俺の中では、ちょっとおもろい親戚ぐらいの距離になっとる。あんな親やけど、親戚のおっさんやと思えたら、別に何ともない。おかん。今から探そ。まさか、遺品整理とかゆうて、アルバム捨ててたんとちゃうやろな」

椅子から立ち上がってドタバタと二階へ上がろうとするのを、呼び止めた。

「ちょっと、ここに座って」

「何やねん？　せっかくええ事思いついたのに」

向き合うように座らせると、十喜子は辰巳からの申し出を聞かせた。

「百万……。無利子で？」

さすがの颯も驚いたようだ。

「俺、もしかして辰巳さんの隠し子やったとか？」

「あほ！」

手近にあった週刊誌で、ばちんと颯の頭を叩く。

「それだけ、あんたは期待されてんねん。せやから、やる以上はちゃんとせんとあかん。試しに始めてみました。駄目でした。では済まされへん」

「お……おう」

「そこで、今からあんたの意志を確認したい。その為に、あんたが家を出てた間にやってた事、洗いざらい話してもらう。……いや、その前に嵐の母親や。お母ちゃんは何処におるんや？」

颯は答えない。

「ほら。黙ってたら分からへんやないの。どんな人やのん？　名前は？　それから、ちゃんと納得して別れたんか？」

「ちょっ、待ってくれ。そんないっぺんに聞くなや」

「全部大事な事や」

本当は、颯が帰ってきた時に真っ先に聞いておかなければいけない事だったのに、十年の空白がなかったように颯はこの家に入り込んできた。

それでも、颯がここで暮らすだけであれば、どんな過去にも目を瞑ろうと思っていた。だが、人に借金をして店をオープンさせるとなったら、そういう訳にはゆかない。店が軌道に乗った時、颯の過去が一気に押し寄せてこないとも限らないのだから。

「ほんなら、一つずつ答えるわ。嵐を産んだ女とは、とっくに切れとる」

「親権はどうなってるん？　やっぱり最初から順序立てて話して。家を出たところから」

「答えるたんびに、質問が増えるやないか」

ぶつぶつ言いながらも、颯は十年前から現在に至る生活を話し始めた。

十年前、颯は大阪市内に住む年上の知人を頼って家出をしたものの、相手は颯を自宅に二、三日泊めただけで、「後はこいつを頼れ」と東京に住む彫り物師の連絡先を渡し、追い出された。後は彫り物師の助手として、彼の身の回りの世話をしながら、レストランの皿洗いのバイトをしていたと言う。

「何やのん。香織さんには、フレンチとイタリアンで修業してたと言うたらしいけど、ただのバイトかいな」

「バイトやけど、賄いを作るのが上手かったし、たまに調理補助とか、接客もしてたんや」

生来の器用さもあり、上手く立ち回って、可愛がられていたらしい。

「で、客の女に手ぇ出したんか？」

颯が「あ?」と言いながら固まった。

あてずっぽうで言ってみたが、図星のようだった。

「……香織ちゃん、何か言うてた?」

「やめなさい。そういう馴れ馴れしい呼び方は。言うとくけど、香織さんはセレブやで。私らとは住んでる世界が違う。帝塚山で生まれ育ったお嬢様。身分違いや」

何気ない会話の中に、お手伝いさんの存在が浮かび上がり、デパートの外商員がといった言葉が出てくる。きっと、自ら足を運ばなくても、馴染みの小売業者が御用聞きに出入りし、百貨店の人間がアタッシェケースに貴金属を詰め込んで訪問するような家――。

佑人が家出などしなければ、一生、関わる事もなかった種類の女性だ。

「身分って……。今時、関係ないやろ。それに、俺は香織ちゃんと付き合いたいとも思ってないで。おかんの知り合いやから、愛想良うせんとあかん思って……」

「あんたはただのお愛想でも、女が勘違いするねん!」

「何で、俺が怒られなあかんねん」

言いたい事は幾らでもあったが、今、話し合うべき事はそれではない。

「……香織さんの話はもうええ。それより、嵐の母親の事や。何処のどういう人なん?」

「もう切れてんねから、ええやん」

「は?」

「せやから、関係ない」

「関係ない事ない。ちゃんと説明して！」

暫く天井に顔を向けたり、俯いたりしていたが、やがて仕方なさそうに話し始めた。

「店に出てた時、女の子のグループが声かけてきた。その中の一人が菜美絵や」

「菜美絵さんっていうねんな？　で？」

「で……って？」

「もっと、お母さんに分かるように説明して」

「遊びのつもりで一回だけ付き合うて……。暫くしたら急に押しかけてきて、『子供ができた』て言われた。しゃあないから、そのまま一緒になったんやけど……」

「そんな話、誰が信じるのん！」

「せやけど、ほんまの事やし」

颯は目を逸らさない。

「嘘……」

「嘘ちゃう」

予想していた以上の展開に、喉がからからに干上がって行く。

「ちょっと、待って！　ほんなら嵐は……、嵐はほんまに、あんたの子供なん？」

「さぁ……」

気まずそうに、頭をかく颯。

「さ、さぁって……」

「せやけど、多分、俺の子供や。おかんも近所のおばはんも言うてるやないけ。小さい頃の俺にそっくりやて」

「あんたは、アホか！」

週刊誌で頭を叩く。

「痛っ！　痛いって！　やめろや。落ち着け。落ち着いてくれ」

週刊誌を激しく振り上げ、三度、四度と颯の頭を打った。

「煩いっ！　自分の子供かどうか分からんて……。あんたは何をしてるんや！　今すぐ菜美絵さんに電話して、ここに呼びなさい」

「無理、無理。……おかん、もうええやろ？　俺、さっきから小便したいねんけど……」

「あーかん、まだ聞きたい事がある！」

「ああー、漏れる、漏れる……」

十喜子が止めるのも聞かず、颯は小走りでトイレに駆け込んだ。

五

衣をつけたタネが鍋の底に沈むと、油がジャーッという音をたて、暫くするとシュウゥーッと細くなる。そのタイミングで天ぷらをとりだす。

「キッチン住吉」の本日のメインは天ぷらだ。厨房にはフライヤーなどなかったから、十喜子が自宅より運び入れた中華鍋で、黙々と野菜や魚介を揚げて行く。

「この中華鍋、佳代ちゃんが使う？」

「いいんですか？　まだ何ともなってないじゃないですか」

「五十を過ぎたら、こんな重たい鍋を振る事はでけへん。大量に天ぷら作る事もないから、小さいフライパンで十分やねん」

こうして喋っている間にも、鍋の中では水分が抜けた具材が表面に浮かんできて、細かい油の気泡をその周囲に作り出している。

「私、紅ショウガの天ぷらって、大阪に来て初めて見ました。最初に食べた時は好奇心半分で恐々食べましたけど、やっぱり今でも食べようっていう気はしなくて……」

今、十喜子の箸に挟まれている鮮やかな赤いショウガに視線を当てて、佳代が首を傾げた。

進は紅ショウガの天ぷらが好きで、当時の岸本家は週に三度は天ぷらが食卓に上った。

プロ野球中継を見ながら、紅ショウガの天ぷらをあてにチビチビ飲むから、いつまでたっても片付かない。文句を言うと、「亡き藤山寛美さんを偲んでるんや」と訳の分からない事を言い出す。

「紅ショウガの天ぷらは、藤山寛美さんの好物やったんやて。ミナミの黒門市場にある天ぷら屋を贔屓にしたはって、付き人さんがしょっちゅう熨斗イカと紅ショウガの天ぷらを買うてはったらしい」

進から聞かされた話だから、本当の事かどうか分からない。

ただ、紅ショウガの天ぷらは大阪近辺でしか見かけない食べ物らしく、佳代のように他所の土地から移ってきた者は間違いなく驚くのだった。そして、興味本位で食べてみてハマる者もいれば、佳代のように苦手意識を持つ者もいた。

「この暑い中、こんな油っこいもん食べたいて、浦田さんも元気やねぇ」

十喜子は額に浮いた汗を、手の甲で拭う。クーラーを利かせていても、天ぷらを揚げていると暑い。

「確かにお元気ですよね。私は天ぷらを揚げてるだけで、お腹がいっぱいになります」

時々おかしな言動をとるタヅ子だったが、身体は何処も悪くなく、健康そのものらしい。

「そろそろ浦田さんが来る時間？」

夜の開店にはまだ早いが、日中はここに涼みに来るのだ。タヅ子の自宅にはクーラーはなく、「熱中症を起こされるよりは」と、佳代も大目に見ているのだとか。

「あ、帰っちゃうんですか？」

「うん。浦田さんが、怖そうな男の人がうちの家を見てたとか言うから、気色悪うて。あんまり長いこと家を留守にしたないねん」

「あれって、様子を窺(うかが)ってるって事ですかね?」

「さぁ、浦田さんの言う事やから、はっきりせんねんけど、気持ちのええ話やないやろ?最近、この店に怪しい一見(いちげん)さんが来たとかない?」

サングラスにマスク、ツナギと、タヅ子から聞いた男の特徴を挙げると、佳代は顎に指を添えて考え込むような目をした。一生懸命思い出そうとしているが、「ごめんなさい。思い浮かびません」と申し訳なさそうにした。

「暫く、気を付けておきます」

「ありがと……。あとひとつ聞いてもええ? 佳代ちゃんは颯の事、どない思ってる?」

「ど、どうって……」

「怒らへんから、正直に言うて」

佳代は困ったような顔で、十喜子を見ている。

「私、あの子が分からへんねん。私の中では、いつまで経っても高校生のガキんちょで、それやのに子供まで連れて帰ってきて……」

颯から聞かされた事を、そのまま佳代に話してみせる。菜美絵について「どうせ、その場限りやと思ってたし、連絡先も教えへんままで最初は終わった」と颯が言った部分に、佳代が反応した。

「それ、何となく分かります。だって、私も最初は自分に気があるのかなって勘違いしましたもの」

「え！　もしかして、あの子、佳代ちゃんを誘おうとしたん？」

「そんなんじゃありません。でも、間合いが近いっていうか……。初対面の相手にも壁を作らないで、十年前から知り合いだったみたいに話しかけてくれるので、つい勘違いしちゃうけど、別に深い意味なんてないんですよね」

十喜子は大きく頷いた。

「佳代ちゃん、凄い。颯の性格、よう見抜いてる」

ほっと胸を撫でおろした。

ママの言う通り、佳代は大人だ。男選びを間違えるような娘ではない。

「せやけど、香織さんには釘を刺した方がええな」

「え？　香織さん？」

「あぁ、何でもない。私の取り越し苦労やから。気にせんとって」

最初はぽかんとしていた佳代だが、くすくす笑い出した。

「十喜子さんって、意外と過保護なんですね」

「過保護？　私が？」

「大事な一人息子にむらがる悪い虫を追っ払う、怖いお母さんみたい」

「だ、大事な訳ないやん！　あんな、十年も音沙汰なかった奴」

かぁっと頬に血がのぼる。

「でも、颯さんが戻ってきてから、十喜子さん肌の張りと艶が違いますよ。前は剃髪した尼さんみたいな、何処か悟ったような雰囲気だったのに、ぐっと親しみやすくなって」

「なってない、なってない」

「照れなくたっていいじゃないですか」

「佳代ちゃん！　大人をからかいなっ！」

「でも、今の十喜子さん、まるで女子高生みたいで……。かわいい……」

そして、我慢できないとでも言いたげに、声をあげて笑い出した。「私、もう帰るからね！」と店を飛び出したところで、ぎょっとした。

ツナギを着た、背の高い人物が十喜子の自宅を覗き込んでいた。

思わず、「何やのん、あんたー！」と叫んでいた。

相手ははっとしたように、こちらを見た。大きなマスクで顔を覆い、人相が分からない。

――ひゃ、一一〇番や！

だが、十喜子がスマホを取り出した時には遅かった。

相手は物凄いスピードで走り出し、あっという間に角を曲がり、姿を消した。

六

「得体の知れん男？」

紅ショウガの天ぷらに伸ばした手を、颯は引っ込めた。

「近所の人によると、ずっとうちを探ってるみたいやねん」

十喜子は五枚目の紅ショウガの天ぷらを口に入れた。

最初の一枚、二枚は美味しかったが、さすがに五枚も食べると舌が痺れてきた。

「子供食堂」に集まった子供達は、野菜や魚介の天ぷらには喜んだものの、紅ショウガは不評で誰も手を伸ばさなかったらしい。喜んでいたのはタヅ子だけだったそうで、「余らせるのも勿体ないので」と、先程、佳代が持ってきてくれた。

「美味しいのになぁ」と、十喜子はつぶやく。

「天ぷらの話はええ。その男の話を詳しく聞かせてくれ」

「せやから、こんな身体の大きな男や。このクソ暑い中、帽子にサングラス、マスクで顔隠して、ツナギ着て」

男の特徴を聞くなり、颯がそわそわと落ち着きを失った。

「心当たり、あるん？」

「……」

「あかん。あいつを絶対に家に入れたら……。あかん。俺、殺される」

真っ青な顔で立ち上がると、熊のようにうろうろと家の中を歩き始めた。

「ちょっと、落ち着きぃな」

こんなにうろたえる颯を見るのは初めてで、段々と心配になってきた。

「もしかして、菜美絵さんのお兄さんか、お父さんとちゃうのん？」

身内に不誠実な態度をとった男の居所を突き止め、仕返しをする為に追いかけてきたのだろうか？

「ちゃう。もっとヤバい奴や。あかん。あかん。アイツに見つかったら、俺は殺される……」

大袈裟に怖がるので、つい笑ってしまった。

「殺されるやって……。ケチな寸借詐欺ばっかりやってて、どうせ誰かの恨みを買うたんやろ」

「笑い事とちゃう！　嵐も取られる」

「えぇっ！　それはエライ事やわ」

手摑みで天ぷらを食べている嵐に目をやる。

「おい！　俺の事はどうでもええんか？　あぁ、こんな事してられへん」

嵐を抱き上げると、颯はだだっと二階に上がり、大きな物音をさせながら歩き回り始めた。

「何やってんのん？　二階の床が抜けるわ！」

だが、物音は静まるどころか、ますます大きくなる。

二階へ上がって注意しようとした時、インターフォンが鳴った。

「はぁい」と言いながら、玄関へと向かう。そして、鍵を外した。

「あかん！　開けるな！」

颯が二階から駆け下りてきた。そして、途中で足を踏み外し、そのまま転がり落ちてきた。

物凄い勢いで、玄関の戸が開かれた。

夕方に見かけた、あのツナギの男が立っていた。

十喜子の唇から「ひぃぃっ！」と悲鳴が漏れたが、恐怖のあまり身体が動かない。

男は十喜子に目もくれず、ゆっくりと家の中に入ってきた。そして、尻もちをついたまま呻いている颯の方へと近づいた。

座り込んでいる颯を見下ろすと、男は左手で胸ぐらを掴んで立たせ、右腕を大きく振り上げた。

「この、馬鹿野郎がぁっ！」

辺りを揺るがす甲高い声と共に、右腕が振り下ろされた。

バチンッ！

重い音が響き、十喜子は頭を抱えて座り込んだ。へたり込みながら見ていると、平手打ちをくらった颯が横倒しになり、勢い余って壁にぶつかり、跳ね返った。

地震が起こったかのように、家がぐらりと揺れる。

だが、それだけでは終わらなかった。男はすかさず颯の身体に覆いかぶさると、今度は頭突きを食らわす。そして、休む間もなく颯の身体をひっくり返し、背中に馬乗りになる。

さらに、両手で顎を摑んで逆海老(ぎゃくえび)ぞりの技をかけた。

「うぎぎ……」とうめき声が、颯の食いしばった歯の間から漏れる。

「た、助けて……。誰か……」

警察に知らせたくとも、腰が抜けて動けなかった。

その時、トン……トン……と、おぼつかない足取りで、一段ずつゆっくり階段を降りてくる足音が聞こえた。

小さな爪先(つまさき)が見えた。

嵐だ。階段の手すりに摑まって、下に降りてこようとしている。その瞬間、十喜子の身体が動いた。

「こっちへ来たらあかん！」

まさに今、颯に関節技をかけようとしている男の横をすり抜け、階段を上る。そして、しっかりと嵐を抱き、階下を振り返った。

男がこちらを見上げていた。

「お願いします！　どうか、どうか、この子にだけは手ぇ出さんといて下さい！」

嵐は無邪気にも男の方に手を伸ばし、きゃっきゃっと嬉しそうにしている。

颯を解放した男は、ゆらりと立ち上がり、帽子とマスク、サングラスを外した。側面を刈り上げた金髪と、鷲鼻（わしばな）が目立つ狂暴そうな顔が現れる。

何より、氷のように冷たい目が怖かった。

嵐が突然、十喜子の腕の中で暴れ、泣き出した。「マー、マー」とむずかりながら。

「こ、来ないで……」

叫ぼうとしたが、声にならない。

「ら……嵐、大丈夫や。お祖母（ばあ）ちゃんが守ったる。怖くない、怖くない」

十喜子の腕から逃れようとイヤイヤする嵐を見ていた男の目が、次の瞬間、柔らかく緩んだ。

呆気（あっけ）にとられている隙に、嵐は男の手で抱き上げられた。

「嵐。会いたかったぞー」

男は、音を立てて嵐の頬に唇をくっつけた。

そこで初めて気づいた。

嵐に頬ずりする男の顔には、産毛一つ生えてない。

「も、もしかして……」

階段にへたり込んだまま二人の様子を見ていると、気を失っていたとばかり思っていた颯が声を上げた。

「おい、菜美絵……。ちょっとは加減せえよ……。イタタ……」

それだけ言って、目を閉じた。

再出発のたこ焼き飯

一

「ガールズプロレス東京……？　大阪府立体育館？」

たこ焼きの生地をかき混ぜていると、窓越しにお隣の加茂さんの声が聞こえた。思わず「え？」と聞き返していた。

なかなか梅雨が明けず、七月にしては涼しい日が続いていたが、下旬に入った今日は、朝から蒸し暑かった。

「『え？』やないよ。十喜子ちゃん。あんたの店に貼ってあるポスターやん」

調理の手を止めて、慌てて表に回る。

噴き出した汗が止まらず、首にかけておいたタオルで顔の汗を拭う。

「ほら。これよ」

何時の間にか、店頭にけばけばしいポスターが貼られていた。ファイティングポーズをとる女の子達は、水着のような衣装をスパンコールで飾り、きらきら光る首輪にひらひらのついたアームカバー、膝当て、ブーツで着飾っている。

「いやぁ、もう……」

思わず舌打ちしていた。

今朝、店を開ける時にはなかったから、十喜子が知らない間に貼られていたらしい。

「これ、女の子ばっかりのプロレスやなぁ。死んだお父さんが好きやったけど」

加茂さんの言葉が右から左に通り過ぎる。

ポスターの中央で、一際目立っているのが菜美絵だった。ギラギラと光る派手な覆面を被り、黒い革のベストを着た姿で鎖を手に、はすに構えている。

ストーミー前橋。

それが、菜美絵のリングネームだ。

中央の、一際目立つ位置に配された写真を見ただけで、彼女のポジションが分かる。ガールズプロレス東京という団体を背負って立つ選手なのだと。

「……誰かが勝手に貼ったんやろ。しゃあないなぁ……」

忌々しげにポスターを剝がした後、小さく丸めた。

加茂さんは女子プロレスには関心がないのだろう。すぐに興味を失い、それ以上追及してこなかった。

「十喜子ちゃん。今日はベビーカステラも欲しいねん。あれおやつに摘むのにちょうどええし、知り合いにも頼まれてるから」

試食品として配ったベビーカステラは概ね好評で、商品として売り出してからも順調に数がさばけていた。

「冷えても美味しいけど、焼き立てがええんよねぇ」

「待ってくれたら焼き立てを渡せるけど。幾つ焼きましょ？」

「ほな、十個ほど」

十喜子は振り返った。

「颯。カステラ十個」

返事がない。

奥の部屋を覗くと、颯は籐椅子に身体をもたせかけて寝ていた。

「こら！　注文入ったで！」

颯の肩を摑んで揺する。

「うぅん……、もうお腹いっぱいや」

寝返りを打つと、イヤイヤをするように首を振った。

「何を寝ぼけてるん。仕事やでっ」

「人使い荒いなぁ……。あ、ポスター剝がしたんけ？」

十喜子が手にしたポスターを指さす。

「こんなもん、勝手に貼らんといて。説明に困るわ」

丸めたポスターで、颯の頭を叩く。

「元に戻しといてくれや。また菜美絵にしばかれる」

ポスターを取り返した颯は、ようやくベビーカステラを焼く準備を始めた。

「全く……」

十喜子がエプロンを締め直しながら戻ると、一部始終を見ていた加茂さんが目を細めている。

「男の子は可愛いなぁ」

「そんな事ないわよ。小さい子やったらまだしも、むさ苦しいのが一日中、家におるんやから、鬱陶しいてかなん」

「え、仕事は？」

「ちょっと……ね。あ、週末は出張らしいけど」

明日の土曜日が岡山、日曜日は大阪で、菜美絵が所属するガールズプロレス東京の地方巡業が予定されていた。土曜日の朝早くに家を出て午後から試合をして、夜には戻って来て、翌日は大阪で試合だというから、なかなかのハードスケジュールだ。

その時、加茂さんの背後にぬっと立ちはだかる影があった。気付いた時には遅かった。

「ただいまっす」

その声に振り返った加茂さんが「ぎゃっ」と声を挙げた。

赤と銀色で隈取りされた覆面は、まるで歌舞伎か京劇の役者のようだ。

「あわわ」

加茂さんは口をぱくぱくさせ、今にも倒れそうになっている。

十喜子は「早く中に入れ」と、菜美絵に手で合図する。

「今の……誰?」と聞く加茂さんに、咄嗟に「あ、ええと……。颯の仕事関係の人」と間の抜けた答えをしていた。

「仕事関係って、颯くん、一体何の……」

突然「てめぇ、この野郎!」と、辺りを轟かす怒鳴り声がして、加茂さんの顔色が変わった。

恐る恐る家の中を振り返ると、菜美絵が紙バッグを振りかざしている。

「朝のうちにクリーニングに出しとけっつったろ! 明日の試合に間に合わねぇだろうがっ!」

どうやら試合で使う衣装を、颯がクリーニングに出し忘れていたらしい。

「気軽に雑用を頼まんとってくれるか。俺かて、おかんの仕事を手伝うとんねん」

「へぇ、椅子に座って居眠りするのが、手伝いなのか?」

すっかりお見通しだ。

加茂さんは後退りながら、「あ、あぁ、また出直すわ」と言い、慌てて自宅に飛び込んだ。

二人が言い争う声が漏れないように、表の窓をしっかりと閉める。

――とんだ営業妨害やわ。

ふうっと息を吐き、窓に手をかけたまま佇んでいると、背後で物音がした。菜美絵が冷蔵庫からペットボトルの水を取り出していた。覆面は被ったままだ。

「菜美絵さん。どないしたん、その恰好……」

確か今日は、関西のプロレス団体に挨拶を兼ねて、練習に行くと言っていた。

「恰好？　何か変すか？」

今日はツナギではなく、ジャージを着ている。

「服装やなくて、顔に被ってる……」

十喜子は自分の頰をつついた。

「リングに上がる時は、いつもこれですけど？」

ペットボトルのキャップを緩めながら言う。

「いや、そういう意味やなくて……」

水をラッパ飲みすると、菜美絵は「あぁ」と事もなげに言った。

「練習の後、宣伝も兼ねて、この顔で駅前にある神社と商店街を歩いてたんすよ。明後日の大阪の試合、前売りがあんまり捌けてなくて」

「えええっ！　商店街って、そこの商店街？」

「そうっす。ポスターを貼ってもらうようにお願いしたら、何軒か受け取ってくれたっす」

そして、平然とペットボトルの水を飲み干した。

二

夜も遅くなって、颯が「腹が減った」と言い出した。

「何かない？　今すぐ食べられるもん」

「残り物のたこ焼きやったらあるけど」

「それでええ」

十喜子はフライパンを火にかけた。

たこ焼きは電子レンジで温めるとべちゃっとしてしまう。かりっとした食感を楽しむ為（ため）には、温め方にも工夫がいるのだ。フライパンには油を引かず、弱火で焼き上げる。温め過ぎたり、焼き過ぎると固くなってしまうから、ちょうどいい加減を見極め、最後にソースをかける。

「それ食べたら、洗いもん頼むわ」

颯が食事をしている間に嵐を風呂（ふろ）に入れ、ついでに自分の身体も洗う。湯船に浸（つ）かると、嵐が水面を叩きながら大声を出してはしゃぐので、庭続きの周囲の家には丸聞こえだ。おかげで皆に「お孫さんは元気？」と聞かれる。

風呂から上がると、菜美絵が出先から戻ってきていた。コンビニの袋を下げている。

嵐が「マー、マー」と裸のまま駆け寄ると、菜美絵は「お、洗ってもらったのか」と言いながら軽々と片手で抱き上げ、そのまま肩車をした。

きゃーきゃーと騒いで、嵐は大喜びだ。

――まるで父親やね……。

子供を肩車したまま、家の中を歩き回る菜美絵を見ながら、十喜子は複雑な気持ちになる。

「自分もそれ、貰っていいっすか?」

残り物のたこ焼きを指さす。

「温めて、ソースかけよか?」

「そのまま下さい」

菜美絵は手にしたコンビニの袋から、おもむろにカップうどんを取り出すと、座ってテレビを見ていた颯の胸を裏拳で叩いた。

「痛っ！　何すんねん」

「ぼやっとしてんじゃねぇよ」

「カップ麺ぐらい、自分で作れや」

「お前こそ、てめぇの子の風呂ぐらいてめぇで入れやがれ。人に世話を任せっぱなしにしやがって」

菜美絵にぎろりと睨まれた颯は、のろのろと立ち上がり、台所で湯を沸かし始めた。

——完全に尻に敷かれてるわ。

どうしようもない息子だが、さすがに目の前でぞんざいに扱われているのを見ると悲しくなる。

「お義母さん」

ぎくりとした。菜美絵から「お義母さん」と呼ばれるのに、まだ慣れていない自分がいる。

「見てて気分悪いと思うんすけど、どうか堪えて下さい。この世界も、色々と事情があるんで。自分は、社長に無理を言って颯を付き人にしてもらったんす」

プロレスラーの世界は完全な体育会系で、本来なら後輩レスラーが付き人になって、上の人間の面倒を見るのだと言う。だが、一緒になった当時の颯は失業中で、金に困っていたらしい。そこで、ガールズプロレス東京で雇われる身になった。

「だから、新婚気分でいちゃいちゃ、ベタベタしてたら追い出されるし、周りにも示しがつかないんすよ」

菜美絵のように夫を付き人にするのは特例で、それ故に態度を厳しくせざるを得ないのだと説明された。

「あと、先に断っておかないといけないんすけど、悪役のイメージがあるんで、自分はプライベートでも笑わないっす。愛想悪く見えたら、すみません」

怖い顔のまま、ぺこりと頭を下げる。

菜美絵が生きている世界が、十喜子の想像の範囲を超えているのは分かったが、だから
と言って何も知らないままでは済ませたくない。

「……とりあえず、座ったら？」

菜美絵は肩車していた嵐を降ろすと、椅子に座った。すかさず、嵐がその膝に乗る。

十喜子は二人分の麦茶を入れ、菜美絵の向かいに座る。

「菜美絵さん。うちの颯とは、どういう経緯で一緒になったん？」

「颯は、どう言ってます？」

そう言いながらも、菜美絵の目は嵐を見ていた。

今、嵐は菜美絵のTシャツの首元に手をやり、中をまさぐろうとしている。「やめろ。

くすぐったい」と嵐の手首を摑んでは戻す。そして、またTシャツを引っ張られるという
遊びを何度も繰り返している。

手を持ち上げた嵐は、上目遣いで母親を見て、にやにや笑いながら様子を窺っている。

そして、菜美絵が摑もうとすると、その手を背中にやって逃げる。

プライベートでは笑わないと言ったばかりなのに、菜美絵の頰が緩み、口元からは白い
歯が覗いている。微笑ましい母子のじゃれ合いを見ているうちに、ごく自然に「なぁんに

も。本当の事は教えてくれへん」とぼやいていた。

「まず、何処で知り合ったんか聞きたい」

「新宿っすよ。自分、新宿にあるボクシングジムに通ってて、颯は屋台でたこ焼きを焼いてたんっす」

本場大阪の職人が焼くたこ焼きという売り文句で、繁盛していたらしい。

「たこ焼き？　フレンチとかイタリアンやなくて？」

やはり、香織には見栄を張っていたらしい。

「そうっす。自分はまだ中学生のガキで……」

飲んでいた麦茶を噴きそうになる。

「ちょ、ちょ、ちょっと待って。菜美絵さんってお幾つ？」

咳き込みながら尋ねた。

「二十歳になったばかりっす」

という事は、十八ぐらいで嵐を産んだ事になる。

「今の団体には中学時代にスカウトされてたんす。当時から身長が一七〇センチ近くあって、中学では男子生徒相手に喧嘩して負けた事なかったっす。で、卒業してすぐに『ガールズプロレス東京』に入って、一年後にデビューしたっす」

冷たい汗が流れた。

「えーっと、その、妊娠中はお休みしてたんよね？」

菜美絵は看板レスラーなのだ。プロレスの世界の事は分からないが、産休を取ることは果たして許されるのだろうか？

「とんでもない。休ませてくれるようなとこじゃないっす。自分が出なきゃ、客が来ないんすから。当然、臨月まで試合に出てたっす」

喉から「ひぃ」と変な声が出る。

「嵐。お前は母ちゃんのお腹にいる時から、マットに上がってたんだぞ。将来は、プロレスラーだ」

嵐に向かって「なっ？」と顔を寄せると、その頬を嵐がもみじのような小さな手で叩いた。「この野郎！」と吠えると、菜美絵は嵐の身体をひっくり返し、足首を持って逆さ吊りにした。

興奮した嵐の声が、室内にこだまする。

「悪い事をする奴は、逆さ吊り下げだー！」

逆さのまま嵐を左右に振りながら、菜美絵が続ける。

「自分も暫く妊娠してるのに気付かなくて、普通に試合に出てました。それにガタイが良かったせいか、お腹も目立たなかったんすよ……。周りも気付いてなかったす。産休に入る前、最後の試合で腹に蹴りを入れられた時は頭に来て、相手をボッコボコにしてやったっす」

話を聞くうちに眩暈がして、段々と胸が苦しくなってきた。

嵐が無事に生まれたのは、奇跡だったのかもしれない。

いや、その時に居合わせていたら、さすがに十喜子の神経はもたなかっただろう。

「そう。そんな大変な思いをして、嵐を産んでくれたんやね」

血が上って顔を真っ赤にした嵐を、菜美絵はようやく床に下ろした。

「そんな大袈裟なもんじゃないっす。気付いた時は堕ろせない時期になってたし。それに、自分も産みたかったんす。颯を他の女に取られたくなくて……」

「え？」

唐突な言葉に驚く。

「一目惚れっす。この人しかいない。子供ができたと分かった時は、自分から押して押して、結婚に漕ぎつけました」

「ほんまやの？」

台所の方を窺うと、颯はバツが悪そうな顔をしていた。

「おい、おかんに余計な事を言うな。今時、女子中学生でも一目惚れとか言わへんで」

カップ麺の上蓋を剝がす音がした。

「うちの団体、元々は恋愛禁止だったんすよ。一時、脱退する人間が続いたんで、そんな事も言ってられなくなって、解禁になったんっす。けど、皆に颯の事を納得してもらうの、やっぱり大変で……」

お湯を入れたカップうどんを運んできた颯が、渋い顔をしていた。

「惚れたと言う割りには、俺の扱いがぞんざい過ぎへんか？　おかん、聞いてくれ。こいつ、控室に化粧道具が順番通りに並んでへんとか、買うてきたドリンクが気に入らんとか、そんなしょうむない理由で、俺をしばくんや。人前で……」

「そうしないと示しがつかないって、何度も説明したぞ」

「それにしてもお前、ブラック企業すぎるで。試合が終わった後は、片付けが終わるまで飯抜きとか……。はっきり言うて、妻からの夫に対するＤＶや」

「他の付き人は皆、普通にやってるだろうが。自分も新人の頃はやってたよ。試合に出て、先輩の雑用もして、全部終わらせた後で、やっと自分の御飯だった」

「それやったら、後輩にやらしたらええやんけ。要は、俺を自分の傍に置いときたいだけやろ？　さんざんこき使いやがって。洒落ならんわ」

菜美絵の眉間に皺が寄り、さらに怖い顔になる。

「颯も一応、うちの社員なんだし、当然だと思うけど？　それともヒモになりたい？　女が稼いできたお金で遊んで暮らしたいって、それでも男か？」

「そこまで言うてへんやろ！」

慌てて、間に割って入る。

「近所に聞こえたら恥ずかしいから、この家では喧嘩せんとって」

今も、加茂さんが聞き耳を立てていそうだ。

「颯、疲れてるんやったら、さっさと風呂に入ってしまい。明日は岡山に行くんやろ？」

「行かへん」

「何でやの。あんたが行かへんかったら、菜美絵さんが困るでしょう」

「行かへんもんは行かへん」

「颯……」

十喜子は語気を強めた。

「あんた。このままずっと逃げ続けるんか？」

不貞腐れたように、颯は横を向いた。

「この家が嫌やと出て行ったんやろ？　十年間、何の知らせも寄越さんと……。挙句に、逃げた先が嫌になったからって、しれっと戻ってきて。虫がええにも程がある」

しんと静まり返った食卓で、蓋をしたままのカップうどんが、蓋の隙間から静かに湯気を立てていた。

「菜美絵さんと一緒になるのは、あんたが選んだ事や。自分で選んだ人生から、また逃げるんか？　逃げて、今度は何処へ行くんや？」

菜美絵は口を挟まずに、じっと颯を見ている。

「さぁ、後はお母ちゃんがやっとくから、颯は風呂に入ってはよ寝なさい」

颯は「ああ、ムカつく」と言いながら、それでも風呂へと向かった。

「嵐もネンネの時間や。私が二階へ連れて行くさかい、菜美絵さんも冷めんうちにお上がり」

散々、はしゃいで疲れたのか、嵐は床の上で電池が切れたように動かなくなっていた。起こさないようにそっと抱き上げ、ゆっくりと階段を上る。その途中、うどんをすする音が聞こえてきた。

布団に嵐を寝かせて戻ると、菜美絵は箸で冷えたたこ焼きを割り、紅ショウガを取り出していた。そして、紅ショウガ抜きのたこ焼きを、うどんの汁に浸す。

「変わった食べ方するねぇ」

「関西の人、うどんとかお蕎麦にたこ焼きを入れないんすか？」

「入れへんなぁ」

十喜子は首を振りながら笑った。

「出汁につけて食べるんは、明石焼きや。生地に卵をぎょうさん使うから、もっとしっとりしてて、たこ焼きとは別もん」

たこ焼きはカリッと焼けた皮と、とろりとした中身の食感の違いを楽しむのだ。昔、たこ焼きが入ったカップ麺が売り出された事があったが、食べる気もしなかった。

菜美絵はうどんを全て食べ終えると、残った汁で十個ほどあったたこ焼きも食べつくした。

「やっぱり本場のたこ焼きは、汁に浸しても美味いっす」

「本場ねぇ……」

その言い方がおかしくて、つい笑ってしまう。

「変すよね。焼肉でも、回らない寿司でも食べられる身分になっても、貧乏してた頃に食べた飯の方が美味いだなんて……」

たこ焼きうどんは、菜美絵が新人だった頃、お金を使わずにお腹いっぱいになる方法を考えた挙句、辿りついたメニューなのだと言う。

「大阪みたいに、近所でたこ焼きが買えなかったんで、わざわざ寮から離れた颯の屋台まで買いに行ってました。買いに行けない時は、冷凍たこ焼きをカップ麺に入れて食ったり……。あの頃はずっと腹を空かせていて、食べる事ばっかり考えてたっす」

中学を出て、すぐに女子プロ団体に入門した菜美絵は、食べ盛りの十五歳だった。

寮では御飯は食べ放題だが、おかずは自分で賄わないといけない。試合に出られない新人レスラーは薄給で、外食しているとすぐにお金が足りなくなってしまう。

御飯の他は、ファンからの差し入れのカップ麺と、冷凍のたこ焼きの組み合わせで空腹をしのいでいたらしい。

「それもできない時は、紅ショウガをおかずに御飯を食べてました。そのせいか、今では紅ショウガは見たくもないっす」

　先ほど、たこ焼きから紅ショウガを弾(はじ)いていた理由が分かった。

「紅ショウガを御飯に？　御飯って白い御飯よね？」

　牛丼(ぎゅうどん)や炒飯(チャーハン)の付け合わせにする事はあっても、白飯を紅ショウガで食べようと考えた事はなかった。呆(あき)れられているとでも思ったのか、言い訳するような口調で、菜美絵が続けた。

「大量に御飯を食べる為に、考えたんす。自分はヒールなんで、最低でも体重を百キロにしろと言われてたんで」

「ひゃ、百キロ……」

「自分、細かったんすよ。中学ん時の先生に、モデルになったらいいんじゃないかと言われたぐらい」

　菜美絵は財布の中から、写真を取り出した。

「これ、自分っす」

　今とは別人のような菜美絵がそこには写っていて、思わず「いやぁ、カッコええやないの」と声を上げていた。

中学校の制服らしいブレザーにチェックのスカートという恰好で、短めのスカートからは長い脚が伸びている。すらりと背が高く、ショートカットが似合う菜美絵は、部活で活躍していそうなボーイッシュな女の子で、こういう子がクラスに一人ぐらいはいたのを思い出す。

「最初はベビーフェイス志望だったんっす。あ、ベビーフェイスってのは善玉の事です。ヒールは悪役。でも、入門した後で先輩に誘われて、ヒールになったんす。頑張って食べたんすけど、九十キロからなかなか体重が増えなくて……」

食べるのも仕事なのだと菜美絵は言う。

「ステロイドを使えば体重は増やせるって聞いたんすけど、薬に頼るの嫌で……。それで食べ放題の米に紅ショウガ、たこ焼き、うどんを食べて、この身体を作ったんすよ」

御飯にうどん、たこ焼き。

確かに太りそうな組み合わせだ。

「ヒールは悪玉で、最初は嫌でした。でも、興行を盛り上げる大事な引き立て役で、ヒールが頑張らないと、試合はつまらなくなるんす。善玉のベビーフェイスとヒールが対決する事で、ファンの皆さんが喜ぶようなストーリーを考えるんす。ベビーフェイスに憧れて入った世界っすけど、今じゃ誇りを持って、ヒールをやってます。それに、ヒールの方が収入もいいし……」

「え、そうなの？」

「数が少ないから、すぐにメインイベンターになれるんす。自分、十七歳の時で年収が七百万ありました」

「な、七百万？　十七歳で？」

「昔の人は、一千万は稼いでたって話です。給料の他に、グッズの売り上げもあったりで」

残り物のたこ焼きを食べさせるのが、段々と申し訳なく思えてきた。

「こんな食事で大丈夫なん？　お肉でも焼こか？」

冷凍室に肉の塊があったはずだ。

「いや、大丈夫っす。巡業中は後援会の人に寿司とか刺身、焼肉とかご馳走ばっか食べさせてもらいます。そんな生活が一カ月も続くと、普通の御飯が良くなるんす」

その普通の御飯が、たこ焼きうどんなのだと言う。

見た目も中身も規格外の菜美絵に、最初はどうしたものかと戸惑っていたが、話を聞くうちに楽しくなってきた。

「菜美絵さん。面白いわねぇ」

「面白いというか……。変わり者じゃないと、プロレスの世界では上に行けません。普通の女の子が痩せようと頑張ってる年頃に、どうやったら太れるかって考えてんですから」

風呂場から聞こえてくる物音が慌ただしくなる。颯が風呂から上がったようだ。

「相変わらず烏の行水やな……」

パンツ一丁の颯が、タオルで髪を拭きながら出てきた。

「で、うちの颯は何で、菜美絵さんを置いて大阪に戻ってきたんやろ？」

鋭い目つきで、菜美絵は颯を見た。

「自分、試合でバックドロップをくらって脳震盪起こして、検査の為に入院してたんす。その間に、こいつは家を出たんです。さすがに嵐を置いて行く訳にも行かず……。仕方なく連れて来たんっしょ。大方、お義母さんに押し付けて、自分は何処かに逃げるつもりだった。おい！　そうだろ？」

拗ねたように横を向く颯。

「颯、菜美絵さんの言う事に間違いはないの？」

無言で髪をドライヤーで乾かし、二階へ上がって行ったのが答えになっていた。

「ほんま、しょうもない嘘ばっかりついて……」

ぼやく十喜子の横で、菜美絵が欠伸をしていた。

「私らも、そろそろ休みましょか」

「はい。ごちそうさまっす」

その夜、布団に入った時には日付が変わっていたが、なかなか寝付かれなかった。

亡くなった進も、十喜子のパート収入を当てにしてはいたが、それでも自分で開業するなど、お金を稼ごうと努力だけはしていた。

対して、颯は妻の顔で雇ってもらえたのに感謝するどころか、その生活が「きつい」と逃げ出して来た。

我が息子ながら情けない。

――今度こそ、逃げずに頑張れ。

三

「これが第二案です。今度は入り口の横を出窓風に張り出して、テイクアウトのたこ焼きコーナーを作りました」

工務店の設計士は、テーブルに設計図を広げて見せた。

十喜子の膝に座っていた嵐が興味を惹かれたらしく、立ち上がって設計図に手をやり、引っ張ろうとする。

「こら。触ったらあかん」

むずかる嵐の手を押さえつけると、「やーっ！」と声を挙げる。

「お孫さんですか？　可愛いですね」

同行してきた営業が如才無くお世辞を言う。

「普段は大人しいんやけど……。あ、痛っ！」

嵐が暴れた拍子に、顎に頭突きを食らう。

「息子夫婦が出かけてるさかい、私が預かってるんやけど、子供も落ち着かんのやろね。ちょっと待ってて下さいね」

菜美絵から「言う事をきかなかったら、これを」と渡されたタブレットを嵐に持たせる。途端に大人しくなり、床に座って動画を見始めた。

設計士は咳払いをすると、話を再開させた。

「こちらの岸本さんのお店の形を、新しい店にも流用したんです。たこ焼き器の横にレジを置けば、忙しい時間帯でも一人で対応できます」

カウンターには六人分の席が作られ、奥に小上がりの席が設けられている。向かい合って六人、欲張れば七人が座れる席だ。

「この奥の席は、掘りごたつ風にしたいなぁ。お年寄りが混じってても座れるように……」

そこまで言ったところで、ため息が漏れる。

「何処か気に入らないところがありますか？」

設計士の顔が曇る。

「いや。ちゃうねん。ちょっとな……。アテにしてた息子が……」

新しい店は、いずれ颯にやらせるつもりで、工務店とも話を進めていた。

だが、菜美絵は東京のプロレス団体に所属し、そこを拠点に地方巡業をする身だ。付き人の颯も当然、同じ生活をしている。そんな状態で、店を任せる訳にはゆかない。

「ご相談に乗りましょうか？」

設計士には一度、図面を引かせ、見積もりまで出してもらったのに、注文をつけて新しい図面を用意してもらった。その労力を考えると、申し訳ない気持ちになる。とてもじゃないが詳しい経緯を設計士に説明する気になれず、十喜子の口は重くなった。

「やっぱり、こんなはっきりせえへん状態で相談に乗ってもらうのはあかん。この話、一旦中止しようと思います」

二人は明らかに落胆した様子を見せた。

「……そうですか。何とか前向きに検討してもらいたいんですが。残念です」

そう言いながらも、設計士は言葉を継いだ。

「うちでは二回まで無料で見積もりさせてもらって、以降のご相談は有料になるんですが……。分かりました。もう一度、無料でお見積もりさせて頂きます。今より、安くできるように頑張りますので、そちらをご覧になってから、決められてはどうでしょう？」

「それは、私が気ぃ遣うわ」

価格だけの問題ではないし、そんな事をされたら余計に断りづらくなる。

思いあぐねていると、表に人の気配がした。

「すいませーん。たこ焼き下さい」

見ると、男女三人組が表に立っていた。

「あ、はぁい。すぐに。……すいません。お客さんやから、今日はこれで……」

そう言って帰ってもらおうと思ったが、二人は動こうとしない。

「僕らは急ぎませんから、ゆっくり接客して下さい」

「良かったら、お二人の分も焼きましょか？　私からの奢り」

せめてものお詫びのつもりだった。

二人は遠慮する素振りをしたが、目が輝いている。十喜子は口元に笑みを浮かべると、冷蔵庫を開いた。

弱火にしておいたガスの火を強めると、気温が高いのもあって、すぐにたこ焼き器は温まった。手をかざして温度を確認していると、手元から立ち上る熱気で、瞬く間に汗だくになる。

クーラーを利かせているものの、夏にたこ焼き器の前に立っていると、それだけで汗が滲みだしてくる。かと言って、汗を拭きながら焼くのもみっともない。十喜子は天井からつるした扇風機のスイッチを入れ、風が顔に当たるようにした。おかげで少し楽になったが、表に立っている客は暑いままだ。

「待ってる間に、良かったらアイスクリンはいかが？」

暑さに参っていたのか、全員が注文した。

「ダブルでええね？」

店の奥に置いたクーラーボックスを開け、ステンレスのアイスクリームディッシャーでアイスを二段重ねにする。

バナナフレーバーの香りが、鼻孔をくすぐる。

アイスクリンは「昔なつかしアイスクリン」というコピーで売り出されているが、乳脂肪分の割合が多いアイスクリームよりあっさりして、シャリシャリとした食感だ。ソフトクリームのようにコーンに取り分けるが、暑い時期にはシャーベット状の口当たりが涼しく、根強い人気があった。高知県の名物らしいが、大阪城公園では自転車で販売しているし、街の駄菓子屋でも時折見かける。

「はい。お待たせ。たこ焼きもすぐ焼くさかいね」

三人は僅かな日陰に身を寄せ合うようにして入り、アイスクリンを舐め始めた。

「ひゃー、生き返る」

「うまっ」

口々に言うのを聞きながら、冷蔵庫から取り出した生地をかき混ぜ、柄杓でざーっとたこ焼き器に流し入れる。

湯気混じりの蒸気が、わっと周囲に広がり、思わず顔を背けてしまう。

焼いている十喜子自身が辟易しているのだ。客も同じように感じているのか、夏はたこ焼きが売れない季節でもある。

売り上げが落ちるので、代わりにアイスクリンやラムネなど、冷たいものを置いて営業努力をしている。表に幟を立てておくと、部活帰りの中高生が買ってくれたり、たこ焼きを買うついでに注文する客がいるので、この売り上げが馬鹿にできない。

進がいた頃は、クーラーボックスを店頭に出し、かき氷まで売っていた。そして、傍にパラソルと丸椅子を置いて、客がその場で食べられるようにしていた。店の前で冷たいアイスやかき氷で暑さをしのいでいるのを見ると、通りすがりの人も冷たいものが欲しくなるようで、つられて何か買ってくれるのだ。

ただ、一人になってからは準備をするのが面倒になり、扱う季節限定メニューも吟味し、幟を立てて知らせるだけにとどまっている。

「はぁい、お待たせぇ」

焼き上がったたこ焼きを客に手渡す頃には、びっしょりと汗をかいていた。タオルで入念に顔を拭き、待たせていた工務店の二人にもたこ焼きを振る舞う。

「新しいお店は、強力なクーラーが必要ですね」

汗だくになった十喜子を見るなり、設計士が呟いた。

「お客さんも暑いんやろねぇ……。うちみたいに路面で持ち帰りの商売してる店は、夏はたこ焼きが売れへんのよ」

ついぼやくような口調になっていた。

「そうなんですか？　僕なんかはお祭りや夜市で買ってもらったイメージが強いから、たこ焼きと言えば夏なんですけど。あ、どうもです。いただきます」

十喜子が出した熱々のたこ焼きに息を吹きかけ、冷ましてから口に運んでいる。

「提灯（ちょうちん）や法被（はっぴ）で、お祭りらしい飾りつけをしたら、人目を引くんじゃないですか？　あちっ！」

口の中を火傷（やけど）したのか、営業が冷たいお茶を慌てて流し込む。

「そういうのも、昔はメーカーから提供してもらえたんやけど、今は何処も渋ちんになってしもて……。これまでは幸い借金もなかったし、私一人が食べてゆけたらええさかい、夏に売り上げが落ちるのも、しょうがないという考え方やった。せやけど、新しい店を出すとなったら、そんな悠長な事も言うてられへん」

貯金を取り崩した上、借金を背負うのだから、今までのような商売の仕方では、瞬く間に店を畳む事になりかねない。

「仮にですね……」

設計士はたこ焼きを飲み下しながら、手帳を広げた。

「今すぐ工事の準備を始めたとしても、オープンする頃には涼しくなってます。来年の為に、暑い時期でも売れる商品を考える余裕はありますよね。冷たいたこ焼きなんて、どうです？」

苦笑いする他なかった。

「ぞっとするわ。冷たいたこ焼き……」

菜美絵が、うどんの出汁にたこ焼きを浸して食べるのを見ただけで、衝撃を受けているのだ。自分は少し頭が固いのかもしれない。だが、譲れないものは譲れない。

「ベビーカステラの売り上げはどうです？」

前回、おみやげに持たせたからか、設計士は覚えてくれていた。

「これもなぁ……。何や暑い時には喉に詰まりそうで……」

真夏には動きが鈍くなりそうだから、また何か考えなくてはならない。

「たこ焼きもベビーカステラも、食事代わりにはできませんよね？　新しい店では、ランチタイムにお好み焼きや焼きそばを出すとかした方がいいかもしれませんね。鉄板は置きますか？」

「いや、それはちょっと……」

下手にメニューを増やせば、上手（うま）く客を回せないし、材料を余らせるなどといった無駄も生じる。

「そういう訳やから、さっきも言うたように、この話は一旦、白紙に戻してもろて……」

「あのぉ……」

だしぬけに営業が声を上げた。

「もしかして、岸本さんはプロレスがお好きなんですか？」

その視線の先には、菜美絵から渡されたチケットがあった。日曜日に大阪府立体育館で開催される試合のチケットで、菜美絵が所属するガールズプロレス東京のメンバー十二人の似顔絵が描かれている。

「あ、あぁ、知り合いに貰ったんやけど……。いる？」

「え！　いいんですか？　これ、アリーナ席の最前列じゃないですか！」

六千円というから、かなり良い席なのだろう。

「買います！」と財布を取り出したから、慌てて止める。

「ええよ。ほんまに貰いものやから」

「でも……」

「私は興味ないんやけど、たまたま知り合いのツテで手に入ったんです。せやから、ほんま気ぃ遣わんとって」

さすがに、看板レスラーが息子の嫁だとは言い出せなかった。

「ここのストーミー前橋は凄いですよ」

覆面姿の菜美絵のイラストを指さして言う。

「菜美絵さ……。いや、この人を知ってるんですか?」

営業は七三分けに眼鏡といった風貌(ふうぼう)で、そんな彼が女子プロレスファンというのが結びつかない。

「女子プロレスラーは、なかなか男子のようなキレのある技を出せる選手が少ないんですが、ストーミー前橋は別格です。あのガタイで軽々とローリングソバットで相手をリングに倒すと、素早くコーナーポストに駆け上がってムーンサルトプレスを決めるんです。あ、ローリングソバットというのは、こう飛び上がって、旋回する後ろ蹴(げ)りの事です。彼女の蹴りはスピーディーで、ムエタイ選手のような軽やかさで……」

いつもの事なのだろう。設計士は半ば呆れ気味で、にやにやしている。

「ちょっと待って下さい。そんな有名な人なん? そのストーミー前橋とかいう人は」

「え、ご存知ない?」

その後、延々と菜美絵がどれだけ凄いレスラーかという話を聞かされ、最後は設計士が引っ張るようにして営業を連れて帰って行った。

——はあぁ、疲れた。

ただでさえ工務店との打ち合わせは気が張るのに、どうやって断ろうかと考えたり、止(とど)めに菜美絵の話まで持ち出されて、冷たい汗をかいた。

——菜美絵さんが家におらん時で良かった。

鉢合わせしたら、大騒ぎになるのが目に見えている。

「ほんまに振り回されるわ。しゃあないお父ちゃん、お母ちゃんやなぁ」

タブレットに見入っている嵐に話しかけたが、見事に無視された。

四

嵐を連れて散歩に出た時には、夕方の四時を回っていた。

太陽の光は衰える事なく、この時間になっても暑さはやわらがない。

細井川駅を越えて長居公園通りへと向かい、適当な場所まで歩いて行く。そして、南海高野(こうや)線の踏切まで行き、嵐の為に行き来する電車を何本か見せた後、Uターンする。

「お祖母(ばあ)ちゃんはな、たくさんの喜びに恵まれるように、十喜子て名前をつけてもろたんや」

一人で歩きたがる嵐の手をしっかりと握り、十喜子は家路を辿る。

「あんたのお父さんの名前は、お祖父(じい)ちゃんがつけた。意味はない。とにかくカッコええ名前にしたかったみたいやけど、ほんまに逃げ足が速いというか、颯のように去って行ったわ。十年前の話やけどな」

やがて、家が込み入って建つ砂利道へと足を踏み入れ、錆(さ)びだらけの阪堺線の軌道を渡る。

「すみよっさんにお参りして帰ろか」

いつもの武道館側からでなく、西側の表門へと回る。

住吉鳥居前駅と対面する鳥居の背後には松の緑が青々とし、入口の両脇には巨大な石燈籠が幾つも並んでいる。渡るだけで「お祓い」になると言われる反橋の、急傾斜の階段を足元に気を付けながら渡り切ると、手水舎で手を洗い、口をゆすいだ。

そろそろ参拝時間も終わる時間で、境内は人もまばらだ。

まずは第一本宮から第四本宮を参拝した後、五所御前へと向かう。石玉垣の中に敷き詰められた玉砂利の中から「五・大・力」と書かれた石を拾う。

先客がいたので、十喜子は暫し待った。

仰々しく「パワースポット」と書かれた貼り紙を見ながら、以前はなかった事だとぼんやりと考えていた。五所御前で石を拾った後、大歳社境内にある「おもかる石」で願いの可否を占い、最後に御守り袋を授かるのが、心願成就のコースである。

大歳社境内に鎮座している「おもかる石」で、十喜子は願いを占った。

まず、作法通りに二拝二拍手一拝の後、石を持ち上げて重さを覚え、次に霊石に手を当てて祈った。

願いを頭に思い浮かべようとした。

だが、願いは一つにまとまらず、結局は「家族が無事に暮らせますように」とありきたりなものとなる。

そして、再び霊石を持ち上げる。

「うーん」

十喜子はうなった。

「あかん。重たいわ」

持ち上げた石が軽ければ願いは叶うと言われているが、石の重さに変わりはなかった。

「お待たせ。行こか」

最後に、嵐も十喜子を真似て小さな手をぱんぱんと叩いた。


その夜――。

「……ただいま」

午後十時を回って帰ってきた颯は、両手に持った大型のキャリーカートを投げ出すようにした後、どっかと食卓の椅子に座った。

「パッパ。パッパ」と嵐が駆け寄り、その脚にしがみつく。

「ん？　お前、臭いで」

抱き上げながら、嵐の身体の匂いを嗅ぐ颯。

「まだ、風呂に入れてないんよ」

早めに夕飯を食べさせたところ、そのまま寝てしまったのだ。中途半端な時間だったから、起こさず寝かせておいたところ、今、起き出してきた。

「菜美絵さんは？」

「後援会の人と出かけとる。回らへん寿司の後、カラオケ。多分、帰りは終電。おかんは待たんでもええで。俺が起きてるから」

岡山では試合の後に後援会の招待で寿司を食べに行き、颯は途中で抜けてきたのだと言う。

「ふうん。試合の後で食事にカラオケ。プロレスラーも忙しいな」

「付き合いも仕事のうちやからな」

「明日は朝御飯、食べるんやろか？　試合やったら、あんまり食べん方がええんかな？」

「普通は、試合中に吐かんように軽めにするけど、あいつは関係ない。むしろ普段以上に食べるぐらいや」

ぞっとして耳を塞いだ。

「とりあえず、嵐を風呂に入れるわな」

嵐を抱き上げ、脱衣所へ連れて行く。

そして、翌朝。窓から差し込む光で目が覚めた。

嵐を寝かしつけながら、十喜子も寝入ってしまったらしい。カーテンは開けっ放しで、頭の下に敷いたままの左腕が痺れていた。

嵐はまだ、指をくわえて眠っていた。起こさないようにそっと身体を離し、寝室のドアを開ける。廊下を挟んで向かいの部屋の襖が開かれたままになっていた。

鴨居にひっかけたハンガーには、刺繍を施したガウンがかけられ、そのすぐ傍には子供が入れそうな大型のトランクが二つ。

颯と菜美絵の姿はない。

耳を澄ますと、階下では颯が朝食を準備する音がしていた。

気持ちよさそうに眠っている嵐を起こすのはしのびなく、十喜子は一人で階段を降りた。

台所を覗くと、炊飯器が蒸気を吐き出していた。

味噌汁は既に出来ており、冷蔵庫にあった水茄子の漬物は手で割かれ、すり下ろした生姜が添えられている。

やがて、御飯が炊きあがった。

「いやぁ、あんたナンボほど御飯炊いてんのん？」

炊飯器を開けた途端、十喜子は声を挙げていた。

「それでも足りるかどうか……」

洗面所を使っていた菜美絵が「おはようございまっす」と顔を覗かせた。

「飯は？」

「炊けとる」

颯が食器棚を探り、丼(どんぶり)を取り出した。

だが、菜美絵は「あまり食欲がない」と言い出し、颯が驚いている。

「どないしたんや？　お前が食欲ないって……」

顔色が冴(さ)えず、「お茶漬けか何かでいい」という声も、いつもの張りがない。

「大丈夫か？　おい……」

昨夜は午前様で、今日も試合。さすがに疲れているのだろう。

「ちょっと、お母さんに任せて」

颯をどかせ、十喜子が台所に立った。

そして、俎板(まないた)と包丁を用意すると、葱(ねぎ)を小口切りにし、紅ショウガをみじん切りにした。

次にボウルに炊きたての御飯をとり、そこに葱、紅ショウガを入れて混ぜ合わせ、仕上げに鰹節(かつおぶし)を混ぜ込んだ。御飯が淡いピンク色に染まり、所々に葱の緑が見えるのが食欲をそそる。

味見をすると、紅ショウガの酸味に鰹節の旨味が加わり、葱の香りも相俟(あいま)って、想像していた以上の味になっていた。

これだけでも十分だと思ったが、身体を酷使している上、関東出身の菜美絵には薄味に感じるかもしれない。コクを加える為に、顆粒(かりゅう)の出汁の素(もと)を少し混ぜ入れる。

十喜子の手元を見ていた颯が「何やそれ？」と、目を丸くしている。

「とりあえず、これで味見してもらお」

丼に紅ショウガの混ぜ御飯をよそい、味噌汁と一緒に盆に載せて食卓に運んで行く。

「こないだ菜美絵さんの話を聞いて思いついた料理やねん。口に合うとええんやけど」

丼の中身を、菜美絵はじっと見つめている。

「これ、紅ショウガっすか？」

「そう。他にも材料が入ってるけど……。あ、味が薄かったら、そこのお醤油(しょうゆ)を使って」

菜美絵は慎重な手つきで、混ぜ御飯に箸を差し入れる。

一口食べ、ゆっくり味わった後、二口目を口に入れ、そこで手が止まった。

表情が険しい。

「口に合わへんかった？」

余計な事をしたかと心配になったが、次の瞬間はっとした。

菜美絵の頰に一粒の涙が伝っていた。

十喜子はうろたえた。

自分は悪玉だから、プライベートでも笑わない。つまり、愛想は振りまかないし、感情も表に出さない。そんなプロ根性を貫いていた菜美絵が仮面を外していた。

「美味いっす。今まで食べたどんな豪華な料理より、美味い……」

菜美絵のごつい手が、頬の涙を乱暴に拭った。

「颯は幸せな奴ですね。自分は……、こんな美味いものを作ってもらった事なくて……」

洟をすすり上げると、菜美絵は猛烈な勢いで混ぜ御飯をかき込み始めた。

「……まだ、お代わりがあるから、幾らでも食べてや」

無言で頷く菜美絵は、瞬く間に一杯目を食べ終え、二杯目を所望した。そして、二杯目を半分がた食べたところで、ようやく味噌汁に手をつけた。

見ると、颯も紅ショウガの混ぜ御飯をお茶碗によそい、恐る恐るといった風に食べ始めていた。

「お、いけるやん。さっぱりしてて。俺、夏は食欲なくなるんやけど、これやったら食える」

暑い夏は、御飯が喉につかえるような時もあるが、シソや梅干しなどの酸味を加えるだけで随分と食べやすくなるのだ。

「揚げ玉を入れてもええかもなぁ」

「天かすやったら、戸棚に予備が入ってるわよ」

紅ショウガや葱と同様に、天かすもたこ焼きの材料だから、当然、常備してある。

「たこ焼きに入るもんは、御飯にも合うんやな」

ざらざらと天かすを御飯に混ぜ込みながら、颯は言った。

「ほんなら、蛸と御飯を一緒に炊いたんを、次は作ろか。おかずはおうどんにして」

関西人が好きな、かやく御飯とうどんのセットだ。

そうこうしているうちに、表の方が騒がしいのに気付いた。続いてチャイムが鳴らされる。

「わっ！」

玄関を開けると、辰巳がいた。おまけに商店街の店主達まで連れている。その数はざっと十名ほど。

「お十喜さん。工務店の人から聞きましたで。店を開くんをやめるとか何とか……。何を弱気な事を言うてますのや。息子夫婦の為にも、あんさんはきばらんとあきまへん」

「今日は私を説得する為に、皆で来たんですか？　それやったら……」

「お帰り下さい」と言おうとすると、辰巳が「ちょっと待った」と手を出した。

「違います。今日は商店街の皆でプロレス観戦ですがな。せやから、お十喜さんも誘いに来たんです」

「え、えぇぇ？」

「大阪府立体育館は、電車に乗って行ったらすぐでっしゃろ」

「ちょっと……。私は店を……」

「店なんか休んだらよろしい。臨時休業して、応援に行く店主もおるんやで」

「でも……」

「あぁ、もう。何を煮え切らん事を……。颯くんの奥さんの試合でっしゃろ？　応援に行かんでどないしますのや」

頭が痛くなる。

菜美絵は確か、商店街を宣伝して回ったと言っていた。その時に、素性がバレていたのだろう。

「いや、私は……。きゃっ」

いきなり後ろから押しのけられ、バランスを崩した十喜子は壁際によろめく。

菜美絵が出てきていた。

顔に覆面を被っていたが、Tシャツに Gパンという普段着のままだ。

男達がどよめいた。

「ストーミーはん。今日は皆で応援に行きまっせ」

「こないだはおおきに。ポスターも貼ってるで」

「色紙持ってきたから、サイン頂戴(ちょうだい)や」

辰巳や店主達がはやし立てるのに、菜美絵はにこりともしないどころか、いきなり吠えた。

「てめぇら！　気安く押しかけてくるんじゃねぇよ！　おまけにサインだぁ？　舐めてんのか！」

そして見得を切るように、腕組みをし、はすに構えた。

怒鳴られた男達は怯むどころか、大喜びだ。

「喜ぶんじゃねえ！　この野郎、馬鹿にしてんのか？　よしっ！　お望み通りに痛めつけてやる」

先頭にいた八百屋の店主の腕を取り、関節技をかける。

「うわわわぁ、助けて下さい！」

言いながら、八百屋店主は笑っている。

「そんなにサインが欲しいんだったら、てめぇのケツにサインしてやろうか？」

「そ、それだけは、勘弁して下さい！」

ズボンを脱がされそうになり、必死で抵抗している。菜美絵は八百屋店主を解放すると、店主連中を見回した。

「次はどいつだ？　まだ、やられたい奴はいるか？」

のっしのっしと菜美絵が男達に向かって足を踏み出すと、男達は大喜びで歓声を上げる。

逃げるどころか、菜美絵の腕や背中をぺたぺたと触り、「立派な身体やなぁ」と、まるで馬か牛の品評会だ。

菜美絵も「やめろ！」「触るな！」と言いながら、男達の好きにさせている。

さんざん菜美絵に遊んでもらった後、男達は「後で観に行くでー」と言いながら帰って行った。「来なくていいぞ」と、菜美絵も答える。

――何なん？　この人ら……。

「お義母さん」

「はい？」

「新しい店には、自分の名前を使ってくれていいっす」

「ちょっと、何で？」

「商店街の人達から聞いたっす。お義母さんが、颯の為に新しい店を始めようとしている事。この通り。是非、やって下さい」

菜美絵は大きな身体を折り曲げ、頭を下げた。

「売り上げに繋がるんだったら、自分の名前とか、写真も使ってくれていいっす。自分、一応は看板レスラーっす。ちょっとは宣伝に貢献できると思うっす」

「そんな訳にはいかへんわ……」

菜美絵は、いわば芸能人のようなものだ。彼女の顔で観客を集められるのだから、気軽に名前や顔写真を使っていいはずはない。菜美絵が所属する団体の事務局を通し、使用料を払わなければならず、そんな余計な金は使えない。

「自分がいいと言えば、いいんっす」

そう言って、菜美絵は引かない。

「何か言われたら、自分のファイトマネーから引いてもらいます」

「せやで」

ただ一人、残っていた辰巳が横から口を挟む。

「ストーミーはんも、今はプロレスで忙しいかしらんけど、いずれは引退する。その時には、息子夫婦に店を任せたらよろしいがな。『元女子プロレスラーの店』にして」

菜美絵もそのつもりでいるのか、横で頷いている。

「ただ、一つだけお願いがあります」

「お願い？」

「今朝、出してくれた紅ショウガの混ぜ御飯、それからうどんにたこ焼きのセットメニューを、新しい店で出して欲しいっす。自分が、いつでも食べに来れるように」

「そ、そんな水くさい事を。菜美絵さんは、私の息子のお嫁さんなんやから、いつでも家に食べに来てくれたらええんよ」

菜美絵は俯いた。

暫く足元をじっと見た後、顔を上げた。

「自分は給食がご馳走という子供時代を送りました。美味しいものを、さっと作ってくれる人が傍にいなかった……」

菜美絵がどういう育ち方をしたのか、生まれた家がどうだったかは分からない。だが、中学校を出て親元を離れ、過酷なプロレスラーの道へと進んだのだ。多くは言わないが、そこには親に甘えられない事情があったのだろう。

十喜子にすれば、ほんの簡単な思い付きで出来るメニューも、菜美絵にとっては当たり前ではなかった――。

「そこまで言われたら、私も真剣に考えん訳にはいかんわねぇ……」

それに、お好み焼きや焼きそばと違って、菜美絵が挙げたようなメニューであれば、たこ焼き用の材料を流用できる。

後はうどんと出汁を用意するだけだが、うどんの専門店でないのだから乾麺、もしくは冷凍うどんで十分だ。いずれも日持ちするし、材料を余らせるという事はない。

ただ、出汁だけは、色々と試してみて研究する必要があった。とは言え、たこ焼きにも出汁は使うのだから、これも無駄にはならない。

――案外、いけるかもしれへん……。

目の前で一台の車が止まった。車体に、工務店の社名とロゴマークが入っている。降りてきたのは、工務店の営業だ。

「あのぅ、お迎えに上がりました」

おずおずとした態度で、ちらちらと菜美絵を見ている。近寄りたいけど、近寄れない。そんなところだろう。

「てめぇ、何、見てんだよ」と菜美絵に凄まれ、嬉しそうにしている。

「十喜子さーん」

向こうから「ひまわり」のママと、「キッチン住吉」の佳代が手を振りながら歩いてきた。ママはいつも以上にめかし込んでいて、レスラーに負けないぐらい化粧が濃い。そのままリングに上がれそうだ。その真っ赤に塗られた唇が「プロレス観戦には、香織さんも誘ってるねん」と言う。

どうやら、十喜子も行かずには済ませられないようだ。

「ほんなら、後片付けだけさしてくれる？　着替えて、簡単に化粧もして。そうやね。三十分で済ませるから」

＊

「次がストーミーはんの出番。楽しみでんなぁ」

前座では、辰巳も興奮して声を張り上げていた。商店街の店主達も、童心に返って声援を送ったり、ヤジを飛ばし、試合を盛り上げた。

十喜子の膝の上にちょこんと座った嵐も、大人達に負けじとハシャギ声を上げていた。

「こんな小さいうちからプロレス観戦に連れて来てもらえるて、羨ましいなぁ」

男達は口々に「あの技がどうした」などと言い合っている。

「カイザー関根のラリアットは強烈やったわぁ」

「あれは凄かった。相手のゾンビ雅代が空中で一回転しよったもんな」

十喜子に分かるのは、ビューティ・ペアやクラッシュ・ギャルズ、ダンプ松本率いるヒール軍団『極悪同盟』ぐらいだろうか。

ふと、辰巳が何かを思い出したように振り返った。

「お十喜さん。商店街プロレスって知ってまっか？」

辰巳の言葉に、十喜子は首を傾げる。

「商店街プロレス？」

簡単に言うと、商店街がスポンサーとなり、商店街の中や近くの施設にリングを設営して、千円以上買物してくれた客に入場整理券を渡すなどして、試合を行う集客イベントらしい。

「ちびっこプロレス教室とか、なかなか楽しいんでっせ。うちの商店街でも、いつかやれたらええですなぁ。ワタイらが元気なうちに」

辰巳のお喋りを聞きながら、十喜子は目を閉じ、思い描こうとした。颯と菜美絵に店を任せ、嵐の世話をする何年か後の自分の姿を。

だが、上手く像が結べなかった。

代わりに浮かんできたのは、店に立っている時に訪れた常連客や通りすがりの客達、商店街の人々から投げかけられた言葉、その表情や弾んだ声だった。

もちろん良い事ばかりじゃなかったし、ただ金を渡して黙ってたこ焼きを受け取るだけの者の方が多かった。

だけど、別に誰かの心を動かしたい訳じゃない。空腹が満たされ、疲れた心が癒され、それで少しでも元気になってもらえたら、もうそれで十分だった。

――やっぱり私は一生、たこ焼き屋のおばちゃんでいたいわ。

たこ焼きを食べた人達の喜ぶ顔を見ていたい。まだまだ、息子夫婦にその座を明け渡したくはない。

会場が暗転した。

いよいよ菜美絵の出番だ。

勝手知ったるという感じで、常連客達が手を叩き、床を踏み鳴らす。

「お喋りは余計や。さぁ、楽しみまひょ」

辰巳も口を閉じ、他の観客達と同様に手を叩き始めた。

カクテル光線が会場を照らし、うねるようなギターの演奏が流れてくる頃には、十喜子もリングに目をやり、女子プロレスの世界へと入って行った。

やがて、スポットライトが点り、コーナーポストに立つ菜美絵を照らし出す。菜美絵は羽織っていたガウンを剝ぎ取るようにして、リングサイドに落とす。

度肝を抜く登場の仕方に、観客達が歓声を上げた。

そっと嵐の表情を窺うと、それが自分の母親だと気付いていないのか、口を開けたまま見入っている。その顔に、赤や青の光が映り込んでいた。

そして、光が当たらないリングサイドには、ガウンを拾う颯の姿があった。

進が今の息子夫婦の姿を見たら、どう言っただろうか？

面白がっただろうか？

それとも「情けない」と、激怒しただろうか？

だが、進はもういない。

そして、ほんの少し前までは考えもしなかったような人生を、十喜子は歩もうとしている。

——五十を過ぎても、人生て分からんもんやね。

会場を揺るがすような声に、十喜子は我に返った。

コーナーポストを蹴った菜美絵が、空中で一回転してリングに着地しようとしていた。

【参考文献】

『たこ焼繁盛法』　森久保成正　旭屋出版　二〇一七年三月
『ポケット版　大阪名物　なにわみやげ』　井上理津子・団田芳子　新潮社　二〇一六年十二月
『レスラーめし』　大坪ケムタ　ワニブックス　二〇一九年一月
『婦人公論』二〇一九年二月二十六日号　1対1で見つめ合ってはダメ。ほかのものに視線を
　向けて　石蔵文信×黒川伊保子×神津はづき
住吉大社公式サイト　http://www.sumiyoshitaisha.net/
住吉大社の門前町　粉浜商店街公式サイト　http://www.kohama-shoutengai.com/
＊この他、多くの文献やウェブサイトを参考にさせて頂きました。

●本書はハルキ文庫の書き下ろしです。

たこ焼きの岸本

著者 蓮見恭子

2020年3月18日第一刷発行
2020年7月18日第二刷発行

発行者 角川春樹

発行所 株式会社角川春樹事務所
〒102-0074 東京都千代田区九段南2-1-30 イタリア文化会館

電話 03(3263)5247(編集)
03(3263)5881(営業)

印刷・製本 中央精版印刷株式会社

フォーマット・デザイン 芦澤泰偉
表紙イラストレーション 門坂 流

ISBN978-4-7584-4329-6 C0193 ©2020 Kyoko Hasumi Printed in Japan
http://www.kadokawaharuki.co.jp/[営業]
fanmail@kadokawaharuki.co.jp[編集]　ご意見・ご感想をお寄せください。

JASRAC出 1913930-002

恋するハンバーグ
食堂のおばちゃん2

トンカツ、ナポリタン、ハンバーグ、オムライス、クラムチャウダー……帝都ホテルのメインレストランで副料理長をしていた孝蔵は、愛妻一子と実家のある佃で小さな洋食屋をオープンさせた。理由あって無銭飲食した若者に親切にしたり、お客が店内で倒れたり——といろいろな事件がありながらも、「美味しい」と評判の「はじめ食堂」は、今日も大にぎわい。ロングセラー『食堂のおばちゃん』の、こころ温まる昭和の洋食屋物語。巻末に著者のレシピ付き。（文庫化に際してサブタイトルを変更しました）